Joseph Rebbert

Clemens August, Erzbischof von Köln: ein Büchlein für Jedermann

Antigonos

Joseph Rebbert

Clemens August, Erzbischof von Köln: ein Büchlein für Jedermann

Unveränderter Nachdruck der Originalausgabe von 1873.

1. Auflage 2024 | ISBN: 978-3-38640-271-2

Antigonos Verlag ist ein Imprint der Outlook Verlagsgesellschaft mbH.

Verlag: Outlook Verlag GmbH, Zeilweg 44, 60439 Frankfurt, Deutschland
Vertretungsberechtigt: E. Roepke, Zeilweg 44, 60439 Frankfurt, Deutschland
Druck: Libri Plureos GmbH, Friedensallee 273, 22763 Hamburg, Deutschland

Clemens August,

Erzbischof von Köln.

Ein

Büchlein für Jedermann.

Er stand ein Fels im Sturme,
Ein Leuchtthurm am dem Meer,
Als Mauer um die Kirche,
Als ihrer Freiheit Wehr.

Von

Prof. Dr. Joseph Reßbert.

(Separatabdruck der 5. und 6. Bonifacius=Broschüre, Jahrg. 1873.)

Zweite Auflage.

Mit kirchlicher Druckerlaubniß.

Paderborn, 1873.

Druck und Verlag der Bonifacius=Druckerei.
(A. Spork und Sen.)

Clemens August, Erzbischof von Köln.

Ein Büchlein für Jedermann.

Veranlassung

zu dem vorliegenden Büchlein über **Clemens August,** Erzbischof von Köln, gab zunächst ein unter dem 9. März d. J. in der „Deutschen Reichs-Zeitung" erschienener warm geschriebener Artikel, in welchem den Katholiken Deutschlands der Vorschlag gemacht wurde, den in das Jahr 1873 fallenden hundertsten Geburtstag der berühmten Erzbischöfe Clemens August von Köln und Hermann von Freiburg im Monat Mai festlich zu begehen. Der Eingang des Artikels lautet:

„Im Jahre 1773 feierten die verschworenen Feinde der Religion einen großen Triumph. In diesem Jahre hob der eingeschüchterte und nachgiebige Papst Clemens XIV. die Gesellschaft Jesu auf. Damit war eine Hauptstütze des Christenthums und der Kirche gefallen, und die Verwirklichung der eigentlichen Pläne der Gottlosen viel näher gerückt. Bald brach die Revolution mit allen ihren Gräueln aus, auf sie folgte der Umsturz des hl. römischen Reiches deutscher Nation und die damit zusammenhängende Beraubung und Vergewaltigung der katholischen Kirche. Gerade in diesem verhängnißvollen Jahre 1773 aber ließ die göttliche Vorsehung zwei Sprößlinge wahrhaft katholischer und edler Geschlechter das Licht der Welt erblicken, die in der Folge zum Dienste Gottes und Seiner Kirche berufen, bereits hochbetagt auf erzbischöfliche Stühle erhoben wurben, als treue Wächter des Heiligthums, als apostolische Hirten, als tapfere Kämpfer für die Freiheit und die Rechte der Kirche sich bewährt haben und durch ihre Glaubens= kraft und ihren Bekennermuth, durch ihre Standhaftigkeit und Ausdauer ein Schauspiel geworden sind für die Welt, für die Engel und für die Menschen.

Und welche sind diese auserwählten Rüstzeuge der gött= lichen zur Befreiung der Kirche aus den schmählichen Fesseln des Staatskirchenthums, diese apostolische Hirten, die Gott mehr als den Menschen gehorchend, vor dem schweren Kampf und seinen Bitterkeiten nicht zurückbebten, durch ihr Wir= ken und Dulden viele Wunden der Kirche geheilt, unsterb= liche Verdienste um die Sache Gottes und um die höchsten Güter der Menschheit sich erworben haben, und deren An= denken daher stets in Segen bleiben wird?

Nur mit Ehrfurcht und dankbarer Liebe nennen wir ihre gefeierten Namen: Clemens August Freiherr von Droste=Vischering, Erzbischof von Köln, und Her= mann von Vikari, Erzbischof von Freiburg.

Wenn aber je, so scheint gegenwärtig die Gedächtnißfeier heldenmüthiger und opferwilliger Kämpfer für die kirch= liche Freiheit und darum jeder wahren Freiheit heilsam zu sein. Offenbart doch die kirchenfeindliche Partei täglich klarer die Absicht, die Kirche nicht bloß ihrer Freiheit und Selbstständigkeit zu berauben, ihr dieses oder jenes Recht zu entziehen, sondern sie geradezu der Auflösung und Zer= störung preiszugeben, aber auch die menschliche Gesellschaft überhaupt einer absolutistischen Vergewaltigung zu überant= worten. Da thut es in der That Noth, daß insbesondere wir Katholiken zum Glaubens= und Gewissenskampfe uns rüsten, und daß dabei zur Leuchte uns diene das Beispiel apostolischer Männer, die dem den göttlichen Geboten wi= dersprechenden Willen der Gewaltigen sich nicht gebeugt, vor ihrem Dräuen sich nicht gefürchtet, Weltgunst und Weltehre verschmäht, dagegen die Schlachten des Herrn geschlagen, wie eine Mauer vor das Haus Israel sich ge= stellt, und vor dem Eindringen feindlicher Gewalten es geschützt haben. Von der Säkularfeier solcher kirchlicher Helden gilt das, was der hl. Augustinus von den Festen der Martyrer sagt: „Die Gedenkfeste der Martyrer sind Ermunterungen zu den Martyrien, auf daß man nach= zuahmen sich bereit finde, was zu feiern man sich freut.“

[Solemnitates enim martyrum exhortationes sunt martyriorum: ut imitari non pigeat quod celebrare delectat.]

Wir betrachten es als eine besondere göttliche Fügung, daß der hundertste Geburtstag der treuen Zeugen Christi am Nieder- und Oberrhein der Erzbischöfe Clemens August von Köln und Hermann von Vikari in das Jahr 1873 fällt, und uns so gerade beim Beginne eines gewaltigen, in seiner Tragweite unabsehbaren, dem Anscheine nach wahren Vernichtungskampfes gegen die katholische Kirche und das positive Christenthum überhaupt, die Gelegenheit geboten ist, das Andenken so großer Vorkämpfer zu erneuern und dadurch uns zu ermuthigen, zu stärken und zu kräftigen.

Wir können nicht genug unser Bedauern darüber aussprechen, daß die Presse auf den hundertsten Geburtstag des Erzbischofs Clemens August (21. Jan.) sozusagen in der eilften Stunde erst aufmerksam gemacht hat, und daß darum dieser denkwürdige Tag fast unbeachtet vorübergegangen ist. Das katholische Deutschland hätte sich diese Unachtsamkeit nicht sollen zu Schulden kommen lassen, und es dürfte sich verpflichtet fühlen, das Versäumte nachzuholen."

Weiterhin wird dann der **13. Mai,** der 100. Geburtstag des Erzbischofs Hermann von Vikari und zugleich der 82. Geburtstag unseres hl. Vaters Pius IX. für die gemeinsame Feier der genannten Kirchenfürsten vorgeschlagen.

Ob in unserer freudeleeren Zeit der Vorschlag zur Ausführung kommen wird, wissen wir nicht. Für eine „Clemens-August-Feier" im Monate Mai, hätte übrigens noch darauf hingewiesen werden können, daß Clemens August am 14. Mai 1798 die Priesterweihe empfangen hat und am 29. Mai 1836 zu Köln als Erzbischof inthronisirt worden ist.

Sehen wir indeß auch von dem unstreitig schönen Project ab, jedenfalls liegen in den oben angeführten Worten, welche die gegenwärtige Lage der Kirche zeichnen, der Gründe viele, in unsern Tagen die Katholiken auf jene Vorkämpfer der

kirchlichen Freiheit hinzuweisen, auf jene „Metropo=
liten des Oberrheins und des Niederrheins, die als
leuchtende Sterne am Himmel der Kirche er=
schienen, verehrt und bewundert von den spätesten
Geschlechtern."*) Vor Allem gilt dies von **Clemens
August,** der zuerst den großen Kampf kämpfte,
dessen Bild dem Erzbischofe von Freiburg später vor=
schwebte, und in dessen Fußstapfen er eintrat.

So soll denn das vorliegende Büchlein sich die
zeitgemäße Aufgabe stellen, den Lesern in kurzen Zü=
gen ein treues Bild von dem großen Erzbischofe
Clemens August vorzuführen, das sich ohne unser
Zuthun ganz von selbst zu einem Spiegelbilde
der Gegenwart gestalten wird. Wir nennen die
vorliegende Schrift „ein Büchlein für Jeder=
mann", insofern Jeder, der aufmerksam in das Spie=
gelbild blicken will, deutlich erkennen kann, zu wel=
cher Gruppe des Bildes er gehört, ob er sich vor=
theilhaft auf dem Bilde ausnimmt oder nicht, und
welche Stellung ihm die Gegenwart anweist.
Wenn es auch die Hauptaufgabe unseres Büchleins ist,
den Erzbischof Clemens August den Lesern vorzu=
führen, so fordert es gleichwohl die Vollständigkeit des
Bildes, aus dem langen früheren Lebensabschnitte
des Kirchenfürsten das Wichtigere vorauszuschicken.

1. Clemens August vor seiner Erhebung auf den erzbischöflichen Stuhl.

Clemens August Freiherr Droste zu
Vischering**) wurde am 21. Januar 1773 ge=

---

*) Worte aus der Adresse des Clemens=Vereins
in Köln an den Erzbischof Hermann zu dessen Bischofs=
jubiläum (8. April 1857) veröffentlicht in der Deutschen
Reichszeitung vom 10. April 1873.

**) Vergl. die Abhandlung „Droste zu Vischering" in

boren. Die Wiege seiner Geburt war das echt ka=
tholische Münsterland, das wie eine Insel im
Meere, fast ringsum von Protestanten umgeben, den
angestammten Glauben der Väter mit seltener Treue
bewahrt hat. Die altadelige Familie, der Clemens
August entsprossen, war zur Zeit der Reformation
eine der stärksten Schutzwehren des alten Glaubens,
dem sie bis auf unsere Tage mit besonderer Innig=
keit und Entschiedenheit ergeben geblieben ist. Darum
erhielt auch Clemens August von seiner Kindheit an
eine echt katholische Erziehung; widmeten sich doch
außer ihm noch 2 Brüder dem Priesterstande. Schon
früh fand er in Münster Eintritt in jenen Kreis
hervorragender Männer, den die edle Convertitin,
Fürstin Amalie von Gallitzin um sich sammelte.
Dort verkehrte er mit einem Fürstenberg, Over=
berg, Katerkamp, Kellermann; besonders
aber war es der große Convertit Graf Leopold
zu Stolberg, mit dem er die innigste Freund=
schaft schloß. In dem Verkehre mit solchen Männern
empfing er Eindrücke und Anregungen, „die nicht wenig
dazu beitrugen, ihn zu einem jener seltenen Charaktere
zu entwickeln, welche der Herr zu Ecksteinen seiner
Kirche sich ausersehen."*) Sein Beruf zum Prie=
sterstande stand von vornherein fest; die priesterliche
Gesinnung entfaltete sich aus seiner reinen für Gott
und die Kirche begeisterten Seele gleichsam von selbst,
wie die Blüthe aus einer edlen Wurzel. Nachdem
er auf der Universität Münster die philosophischen

---

der Allgemeinen Realencyclopädie (Regensburg 1847.) Die
Abhandlung ist von dem erzbischöflichen Kaplan Eduard
Michelis, dem treukatholischen Bruder des unglück=
lichen Friedrich Michelis.
*) So Dr. Lieber über Clemens August.

und theologischen Studien vollendet hatte, unternahm er mit seinem Bruder Franz und seinem Freunde Katerkamp zu seiner ferneren Ausbildung eine Reise nach Italien. Der Eindruck, den die ewige Roma, die Hauptstadt der Welt und der Kirche, auf ihn machte, war so außerordentlich, daß er oft gestand, in der Welt nirgends einen Punkt gefunden zu haben, der ihn so gefesselt als Rom. Nach einem sieben=monatlichen Aufenthalte in Rom, schied er von der ewigen Stadt mit dem Wunsche: „Auf Wiedersehn!" Zweimal wurde dieser Wunsch später noch erfüllt.

Am 14. Mai 1798 wurde er in Münster von seinem Bruder, dem damaligen Weihbischofe und spä=teren Bischofe von Münster, Kaspar Maximilian, zum Priester geweiht. Mit seltenem Eifer und bestem Erfolge widmete er sich der Seelsorge. Nach kirch=lichen Würden zu streben, kam ihm bei seiner großen Demuth nie in den Sinn. Aber schon früh sollte er aus seiner Verborgenheit hervorgezogen werden und die Laufbahn seines so bewegten, thatenreichen öffent=lichen Lebens beginnen. Unter den schwierigen Ver=hältnissen, welche durch die Säcularisirung des Hoch=stiftes Münster eingetreten waren, schlug der Admini=strator Fürstenberg im Jahre 1807 den 34jährigen Clemens August zu seinem Coadjutor vor, und noch in demselben Jahre übergab er ihm als Gene=ralvicar die alleinige Verwaltung. Fürstenberg schrieb dem Capitel über Clemens August:

„Ich muß diesem Herrn das Zeugniß geben, daß er das Beste der Kirche aufs Thätigste zu fördern gesucht und in jeder Hinsicht seine Pflicht auf die würdigste Weise erfüllt habe; und es gereicht mir zur größten Beruhigung, daß ich ihn als meinen Successor nunmehr völlig eintreten und die für unsern kathol. Glauben so wichtige Stelle so reinen Händen anvertraut sehen kann."

Bis zum Jahre 1813 führte er segensreich die Verwaltung, wo er sie Friedens halber dem von Napoleon zum Bischof von Münster ernannten Dombechanten Spiegel durch Substitution übertrug. In demselben Jahre reiste er nach Rom, um dem Papste Pius VII. nothwendigen Aufschluß über die Lage der Kirche Deutschlands zu geben. Pius VII. gab ihm die Weisung, die Verwaltung der Diöcese Münster wieder selbst zu übernehmen, wozu er sich aus Gehorsam bereit erklärte. Es war ein dornenvolles Amt, das er zu übernehmen hatte. Die Diöcese war mittlerweile unter preußische Herrschaft gekommen, und bald traten starke Differenzen zwischen der Kirchen- und Staatsgewalt hervor. Preußen wollte vom protestantischen Standpunkte aus eigenmächtig alle auf die Kirche und auf die Schule bezüglichen Angelegenheiten behandeln, und da galt es mit apostolischer Kraft die heiligsten Rechte der Kirche zu schützen. Bei diesen Conflicten mit den Ansprüchen der Staatsbehörde lieferte Clemens August als Generalvicar gleichsam ein Vorspiel der Kämpfe, die er später als Erzbischof zu bestehen haben sollte. Es sei hier nur Ein Fall erwähnt. Die preußische Regierung hob bei Errichtung der neuen Universität in Bonn die Universität in Münster auf. Da die neue Bonner Universität dem Generalvicar noch gar keine festen Garantieen für die Kirche bot, so untersagte Clemens August einzelnen Theologiestudirenden der Diöcese Münster den Besuch der Universität Bonn. Der Oberpräsident v. Vinke erhob beim Cultusminister Beschwerde und ließ publiciren, die vom Generalvicar „erlassene Verfügung sei ohne Wirkung, weil ohne Vorwissen und Genehmigung des Curatoriums erlassen." Clemens August wurde vom Cultusminister aufgefordert, sich zu verantworten. Diesem Anlasse verdanken wir ein wichtiges Actenstück*) aus der Feder des muthigen Clemens August, in welchem wir den spätern Erzbischof von Köln sogleich erkennen. Er fertigt in seiner Antwort zunächst den Oberpräsidenten v. Vinke wegen seiner soeben erwähnten Publication ab mit den kurzen Worten: „Die Frage, ob ich diesen oder jenen Theologen weihen lassen könne, steht durchaus in keiner Verbindung mit dem Gutdünken des Herrn v. Vinke." Sodann bemerkt er dem Minister, er als geistlicher Oberer müsse die Bildung, die Lehre und den Wandel der Theologen beobachten können, „um ihnen später den Schutz des Glaubens, die Verkündigung der hl. Lehre, die Ausspendung der hl. Sacramente, die Pflege des Gottesdienstes, die Bildung der Jugend, die Seelsorge in ihrem ganzen Umfange anzuvertrauen." Er fährt dann u. A. so fort:

„Uebrigens soll das Gesagte nur zur Steuer der Wahrheit und damit Ew. Excellenz die Lage der Sache richtig auffassen können, gesagt sein, nicht aber zur Rechtfertigung und Entschuldigung meines Benehmens; denn Rechlfertigung bin ich, wo ich wie hier in einer Religionsangelegenheit als geistliche Obrigkeit verfügt habe, nur einer höheren geistlichen Obrigkeit schuldig, und bin weit entfernt, mich entschuldigen zu wollen, wo ich fest überzeugt bin, pflichtmäßig gehandelt zu haben ... Es können Fälle eintreten, wo ich ausnahmsweise das Studiren der Theologie auf fremden Universitäten erlauben darf: der Fall aber, wo ich gezwungen werden könnte, diese Erlaubniß zu ertheilen, kann nie eintreten; der Versuch mich dazu zu zwingen, würde arger Gewissenszwang sein, und Ew. Excellenz sind gewiß nicht gemeint, durch Kränkungen der auf göttlicher Autorität beruhenden

---

*) Am 18. Jan. d. J. zuerst im Auszug von der „Westf.-Volksztg." und dann vollständig von der „Germania" mitgetheilt.

von Sr. Majestät dem Könige anerkannten und, insofern menschliche Gewalt das Höhere garantiren kann, garantirten Freiheit der katholischen Kirche eine vermeintliche Freiheit der Studirenden zu schützen... Ew. Excellenz wollen aus dem Gesagten entnehmen, daß ich nach Pflicht und Gewissen meiner fraglichen Verfügung allerdings Folge geben muß und die an einzelne Theologen ertheilte negative Bescheidung auf ihr Gesuch, die Theologie zu Bonn zu studiren, keineswegs zurücknehmen darf. Uebrigens muß es Ew. Exc. aus den früheren Verhandlungen bekannt sein, daß ich mich nicht durch Drohungen von dem pflichtmäßigen Betragen abschrecken lasse; was aber die Folgen betrifft, so werde ich, da ich nach Pflicht und Gewissen handle, selbe zu verantworten haben.

Droste Vischering, Generalvicar."

In Folge dieser Conflicte wurde die theologische Lehranstalt in Münster von der Regierung geschlossen. Clemens August eröffnete aber sofort eine neue Lehranstalt im Priesterseminar und fand eine hinlängliche Anzahl tüchtiger Professoren bereit, ohne Aussicht auf Gehalt die Lehrstellen zu übernehmen. Dieser kräftige Widerstand hatte die Folge, daß am Ende eine vollständige Akademie in Münster wiederhergestellt wurde.

Als in Folge der Verhandlungen mit Rom die preußischen Bischofsstühle besetzt zu werden anfingen, trat Clemens August in das Privatleben zurück, nachdem er als Generalvicar in zwei kritischen Perioden, in der des Umsturzes der alten und in jener der Aufstellung einer neuen Ordnung der Dinge zur Wahrung der kirchlichen Rechte und Grundsätze, zur Erhaltung und Förderung kirchlicher Gesinnung im Klerus und im Volke Ausgezeichnetes geleistet hatte.

Seit diesem Rücktritte von den Verwaltungsgeschäften fand Clemens August Muße, seine ganze Thätigkeit der Hebung des von ihm schon früher ge=

stifteten Institutes der barmherzigen Schwestern in Münster zu widmen. In der trefflichen von Gott reich begabten Convertitin Maria Alberti, der Tochter des protest. Predigers Alberti zu Hamburg, gewann er für die Schwesterschaft eine ausgezeichnete Vorsteherin. Maria Alberti hatte aus Dankbarkeit für die Gnade des kathol. Glaubens beschlossen, ihr ganzes Leben dem Dienste der Kranken zu widmen, und führte ihren schönen Entschluß in der von Clemens August gegründeten Genossenschaft aus. Durch diese jetzt weit verbreitete und segensreich wirkende Genossenschaft hat Clemens August sich den Dank der leidenden Mit- und Nachwelt gesichert, wie er zugleich durch seine Schrift „Die barmherzigen Schwestern" auch in weitern Kreisen zu ähnlichen katholischen „Gründungen" angeregt hat.

Im Jahre 1827 ließ sich Clemens August durch das beharrliche Bitten seines Bruders, des Bischofs von Münster, bewegen, das Amt eines Weihbischofes für seine Diöcese zu übernehmen. Von den Händen seines Bruders empfing er die bischöfliche Consecration mit dem Titel von Calama i. p. Er blieb aber auch als Weihbischof in der stillen ihm so theueren Zurückgezogenheit und ahnte nicht, daß er von der Vorsehung bestimmt sei, noch einmal den Schauplatz des öffentlichen Lebens zu betreten, um eine neue Zukunft der Kirche zu begründen. Und doch war es so: im Geheimen waren um die Kirche in Preußen Fesseln gelegt worden, deren Sprengung der Stifter der Kirche dem ebenso demüthigen als starkmüthigen Clemens August aufbewahrt hatte.

2. Clemens August wird Erzbischof von Köln.

Der Leser wird vorerst verlangen, daß ich über die „im Geheimen gelegten Fesseln" näheren Auf-

chluß gebe. Um das zu können, muß ich trotz der
Schranken, die mir der enge Raum dieses Büchleins
anweist, etwas weiter ausholen.*) Durch den Wiener
Frieden wurde „der blühendste, aufgeklärteste, hei=
terste, regsamste Theil Deutschlands, Rheinland und
Westfalen"**) (letzteres zum größten Theile) mit
Preußen vereinigt. Der erste Eindruck davon war für
die katholische Bevölkerung kein freudenvoller, weil
man von dem protestantischen Preußen für die Kirche
fürchten zu müssen glaubte. Die gehässige Art, in
welcher bald nach den glorreichen Befreiungskriegen,
worin Katholiken und Protestanten gleichmäßig ge=
kämpft hatten, das Reformationsfest von den Pro=
testanten gefeiert wurde, konnte nur dazu dienen, ihre
Furcht zu vergrößern. Man beruhigte sich allerdings
in etwa mit der feierlichen Erklärung des Königs
an die neuen Landestheile, wornach ihnen die Unver=
sehrtheit ihrer kirchlichen Freiheit zugesichert wurde.
Indeß konnte Niemand das beharrliche Streben der
Regierung verkennen, alle höheren Beamtenstellen der
katholischen Provinzen mit Protestanten zu be=
setzen. So wurden die neuerlangten katholischen Lan=
destheile allmälig mit Protestanten überfluthet. Es
konnte bei diesem beharrlichen Verfahren der Regie=
rung nicht ausbleiben, daß gemischte Ehen immer
häufiger wurden, und so sahen sich die Generalvikariate

---

*) Wer sich eingehender unterrichten will, den verweise
ich vor Allem auf die (24 große Seiten lange) Abhand=
lung „Kölner Wirren", aus der Feder des sachkundigen
erzbischöflichen Kaplans und Geheimsekretärs Eduard
Michelis in der genannten Realencyklopädie. Im vor=
liegenden Abschnitte ist auf diese gründliche Abhandlung
wiederholt Bezug genommen.

**) Bekannte Worte der „Augsb. Allgem. Ztg." in
Nr. 339 Jahrg. 1870.

der genannten Landestheile veranlaßt, dem kanonischen Rechte gemäß durch Rundschreiben den Geistlichen die Pflicht einzuschärfen, bei gemischten Ehen jede Assistenz zu verweigern, wenn die Brautleute nicht das Versprechen der katholischen Erziehung aller Kinder ablegten. Da aber erschien eine Cabinetsordre vom 17. August 1825, welche diese Praxis der katholischen Priester als Mißbrauch bezeichnete und verordnete, daß wie in den östlichen Provinzen so auch in den Provinzen Rheinland und Westfalen alle Kinder aus gemischten Ehen, wofern die Eltern über die religiöse Erziehung derselben nicht einig wären, in der Religion des Vaters erzogen werden sollten. Die Folgen für Rheinland und Westfalen lagen auf der Hand. Außerdem wurde den Priestern die Verweigerung der Absolution in der Beicht wegen nichtkatholischer Kindererziehung als gesetzwidriger Gewissenszwang verboten. Diese in das unveräußerliche Recht der katholischen Kirche eingreifenden staatlichen Bestimmungen warfen eine verhängnißvolle Gährung in die katholischen Gemüther. Die Bischöfe wandten sich an den päpstlichen Stuhl und schilderten ihm die Lage der Dinge. Pius VIII. erließ an die vier rheinisch-westfälischen Bischöfe unter dem 25. März 1830 ein Breve,*) in welchem er die mißliche Lage der Dinge würdigend, ohne den unwandelbaren Grundsätzen der Kirche etwas zu vergeben, sich bis zum äußerst möglichen Punkte der Nachgiebigkeit bezüglich der Mischehen verstand. Es wurden durch dieses Breve die auch nicht vom katholischen Pfarrer eingesegneten Ehen für gültig an-

---

*) Vollständig abgedruckt in den Acten und Decreten der Kölner Provincialsynode von 1860. S. 215.

erkannt, wofern sonst kein kanonisches trennendes Hinderniß im Wege stehe, es wurde dem Pfarrer sogar gestattet, bei der Schließung einer unerlaubten Mischehe aus gewichtigen Gründen die sog. assistentia passiva zu leisten, jede Kirchencensur gegen eine in unerlaubter Mischehe lebende Person wurde aufgehoben; dahingegen wurde strenge eingeschärft, daß ein Katholik nicht ohne schwere Sünde in die protestantische Kindererziehung einwilligen könne, woraus von selbst hervorging, daß der kathol. Theil, der dazu seine Einwilligung gegeben, ohne Buße und Genugthuung keine Lossprechung im Beichtstuhl erhalten könne.

Dem Berliner Hofe gefiel das Breve nicht. Es wurde darum unter dem 13. Juli 1831 dem neuen Papste Gregor XVI. durch den preußischen Gesandten in Rom, Ritter Bunsen, wieder zugestellt mit dem Bemerken, wenn nicht einige (sehr wichtige) Punkte abgeändert würden, so sei das Breve unannehmbar. Gregor erwiderte dem Ritter Bunsen: „Ich ehre, was mein Vorgänger gethan hat, aber ich rathe Ihnen, nehmen Sie das Breve wieder zu sich, es möchte Ihnen sonst keine zweite Gelegenheit geboten werden, es zu erlangen." Man sah in Berlin ein, daß von Rom keine weiteren Zugeständnisse zu erlangen seien, und so erbat sich der Minister Altenstein, „der Mann, der an der Spitze der Regierung stand,"*)

---

*) Diesen Mann vor Allem hat eine gerechte Geschichtsforschung verantwortlich zu machen für das Unheil, welches durch die Kölner Wirren für Kirche und Staat angestiftet wurde. König Friedrich Wilhelm III. verdient eine nachsichtige Beurtheilung. Wenn Fürst Bismarck am 10 März d. J. laut den Zeitungsberichten im Herrenhause gesagt hat: „der durch und durch antikatholische Friedrich Wil-

die Erlaubniß vom Könige, direkt mit den Bischöfen der rheinischen Kirchenprovinz wegen der Auslegung des päpstlichen Breve zu unterhandeln. Bunsen gewann einen strebsamen jungen Geistlichen, der ein Gutachten entwarf, worin das Breve so abgeschwächt „erklärt" wurde, daß es den Wünschen Altensteins und Bunsens entsprach. Sodann gewann man den gutmüthigen bereits altersschwachen Erzbischof Spiegel von Köln, diese „Erklärung" oder Uebereinkunft (Convention) zu unterschreiben. Durch Spiegel's Unterschrift und die weitere (er=fundene) Versicherung, daß der Papst mit dieser Auslegung des Breve einverstanden sei, ließen sich die Bischöfe von Münster und Paderborn in die Falle locken und unterschrieben. Dem Bischofe von Münster kamen Bedenken, aber es wurde ihm von dem Verfasser der Erklärung zu seiner Beruhigung brieflich die gleichfalls reinweg erfundene Versicherung gegeben: „Dem Papste sei schon im Allgemeinen das Resultat der Verhandlungen mitgetheilt, worauf der heil. Vater mit zum Himmel gefalteten Händen Gott gedankt habe, daß eine so schwierige Sache so glücklich gelöst sei; demnächst würden die ganzen Verhandlungen dem Papste mitgetheilt werden." Auch den Bischof von Trier, Freiherrn v. Hommer, wußte man auf einer

---

helm III." — so hat er das zu verantworten. Wir ziehen grundsätzlich die Person des Königs nicht in unsere Darstellung. Andere Leute sind über solche Rücksichten der Pietät erhaben, wie jüngst noch die **„Kölnische Zeitung"** bewiesen, welche — ungestraft — das Andenken des edlen Königs Friedrich Wilhelm IV. in unwürdigster Weise beschimpft hat, indem sie ihn als „Dilettant, voll Schrullen, unzuverlässig, rachsüchtig und hart" u. s. w. bezeichnete. **Wir begreifen das!**

Conferenz in Coblenz unter ähnlichen „Versicherungen" zu gewinnen.*) Jetzt war „die geheime Convention" vollständig, und nachdem man den Generalvicaren eine dieser geheimen Convention entsprechende, aber in vorsichtigen Ausdrücken abgefaßte „Instruction" gegeben hatte, wurde das Breve Pius VIII., dessen Sinn man durch die „geheime Convention" gefälscht hatte, den Pfarrern unter Genehmigung des Staates publicirt, mit der Weisung, in vorkommenden Fällen von der Behörde Verhaltungsmaßregeln einzuholen. Auch der Papst wurde von der Annahme und Publication des Breve in Kenntniß gesetzt, — selbstverständlich nicht von der „geheimen Convention" — und Altenstein und Bunsen rieben sich vergnügt die Hände ob ihrer Pfiffigkeit, und doch „war es ein unendlicher politischer Fehler, daß man glauben konnte, die „Uebereinkunft" könnte für die Dauer geheim gehalten werden."**)

Das waren „die im Geheimen der Kirche angelegten Fesseln," von denen wir oben sprachen, und zu deren Sprengung Clemens August von Gott ausersehen war.

Der Erzbischof Spiegel von Köln starb am 2. August 1835. Seine verhängnißvolle Unterschrift hatte an seinem Herzen genagt und — wie er sich im bittersten Schmerze geäußert — sein Herz gebrochen. Mit einer Vorahnung dessen, was kommen sollte, hatte er vor seinem Tode noch die Hoffnung

---

*) Bischof Jos. v. Hommer durchschaute später das Lügengewebe, enthüllte in einem auf dem Todesbette geschriebenen Briefe vom 10. Nov. 1836 dem Papste die Intriguen, widerrief seine Unterschrift und bat den Papst, für seine Heerde Sorge zu tragen.
**) Ritter, Kirchengesch. 4. Aufl. II. 609.

ausgesprochen, daß Clemens August nach ihm den erz=
bischöflichen Stuhl besteigen und gut machen würde, was
ihm wieder gut zu machen nicht mehr möglich wäre.

Wirklich lenkte die Regierung, als es sich um die
Wiederbesetzung des erzbischöflichen Stuhles handelte,
ihr Augenmerk auf den in stiller Zurückgezogenheit
in Münster lebenden Weihbischof Clemens August.
Daß man diesen streng kirchlichen Mann zum
Erzbischofe ausersehen, scheint auf den ersten Blick
unerklärlich, erklärt sich aber leicht, wenn man auf
die große Unzufriedenheit blickt, welche Minister
Altenstein durch sein alle Parität verletzendes Re=
gierungssystem in den katholischen Kreisen hervorge=
rufen hatte. Dieser Unzufriedenheit hatte in dem
Todesjahre des Erzbischofs Spiegel ein Buch: „Bei=
träge zur Kirchengeschichte des neunzehn=
ten Jahrhunderts in Deutschland," gewöhn=
lich das „Rothe Buch"*) genannt, scharfen Aus=
druck gegeben. Zur Beschwichtigung der Gemüther,
zur Wiedergewinnung des eingebüßten Vertrauens,
erschien dem Minister Altenstein die Wahl eines Cle=
mens August als ein ganz geeigneter kluger Schritt.
Die „geheime Convention" glaubte man genügend in
die Praxis eingeführt, hielt es aber doch für gut,
persönlich im „engsten Vertrauen" an Clemens August
die Frage zu stellen, „ob er geneigt wäre bei der
Uebertragung eines Bisthums eine zwischen dem Erz=
bischof Spiegel und der Regierung gemäß dem päpst=
lichen Breve zur Ausführung desselben geschlossene
Uebereinkunft, der die drei übrigen Bischöfe beige=
treten wären, im Geiste der Versöhnung anzuwenden."

———————

*) Hauptverfasser des Rothen Buches war bekanntlich
der treukirchliche gelehrte Franz Schumacher, von 1826
—68 Propst an der Gaukirche in Paderborn.

Clemens August, der sich seit langen Jahren absicht=
lich mit Verwaltungsgeschäften gar nicht befaßt hatte
und deshalb die „geheime Convention" nicht kannte,
aber nach der Fassung der Frage Uebereinstim=
mung derselben mit dem Breve voraussetzen
mußte, antwortete arglos: „er werde sich wohl
hüten, jene **gemäß dem Breve** geschlossene
Uebereinkunft zu verletzen." So wurde denn
Clemens August zum Erzbischof von Köln
erwählt und als solcher am 29. Mai 1836 inthronisirt.

Bald nachher machte ihn ein Freund aufmerksam
auf „ungewisse Gerüchte" über eine im Geheimen ge=
schlossene Convention, worin Bestimmungen gegen den
Sinn des päpstlichen Breve über die Mischehen fest=
gesetzt wären. „Das sind jedenfalls eitle Geschwätze"
— erwiderte der Erzbischof — „das Breve selbst
ist ja angenommen und publicirt." Verschiedene Beo=
bachtungen riefen indeß in ihm bald den Verdacht
wach, es müsse doch in Sachen der gemischten Ehen
ein das Licht scheuendes Geheimniß vorliegen, und so
ließ er sich denn vom Generalvicar die sämmtlichen
auf die gemischten Ehen bezüglichen Papiere der Kanzlei
einreichen und zog sich mit denselben auf sein Arbeits=
zimmer zurück. Wenige Stunden darauf — so erzählt
der beste Gewährsmann, der erzbischöfliche Secretär
Eduard Michelis — pochte der Erzbischof mit seiner
ganzen Hand an der Thüre seines danebenwohnenden
Secretärs (Eduard Michelis), warf in Hast die Thüre
auf und, indem er mit großen Schritten, einen Akten=
stoß in der Hand, auf diesen zukam, sprach er laut:
„Lesen Sie!" und entfernte sich, ohne ein Wort zu
sagen. In den Papieren lag das ganze Geheimniß
aufgedeckt. Nach einer Weile kam der Erzbischof zu=
rück und sprach mit dem Ausdrucke des höchsten Un=

willens: „Nun, was sagen Sie? . . . Ich glaubte, es sei Alles in Ordnung, und nun hat man es so gemacht. Aber ich werd's nicht dulden!" — „Ich glaubte in Frieden mein Amt führen zu können; aber ich sehe, Gott hat mich zum Kampfe bestimmt."

Sein Entschluß stand fest, und ihm entsprach sein Handeln. Er verfuhr in gemischten Ehen nur in sofern nach der Convention und der damit verbundenen Instruction, als sie mit dem Breve des Papstes in Einklang standen; bei einem Widerspruch der Convention mit dem Breve betrachtete er letzteres als alleinige Norm.

Daß diesem entschlossenen Verfahren des Erzbischofs der Kampf mit den Regierungsbehörden auf dem Fuße nachfolgen würde, war vorauszusehen. Der Oberpräsident der Rheinprovinz, Freiherr von Bodelschwingh, stellte sich sofort dem Erzbischof gegenüber auf den Standpunkt des mit dem Schwerte bewaffneten Staates und faßte gar nicht den Gedanken, daß Clemens August dem Willen des Staates gegenüber noch irgendwie Rechte geltend machen könne. Die Erbitterung wuchs noch mehr durch den fatalen Umstand, daß mittlerweile durch den Brief des verstorbenen Bischofs von Trier Rom vollständige Kenntniß von der „geheimen Convention" erhalten hatte. Bunsen, der preußische Gesandte in Rom, hatte in schlauer Weise das Vorhandensein einer geheimen Convention geleugnet, war aber vom Cardinal-Staatssecretär Lambruschini schmachvoll entlarvt worden. Nun hielt man ein energisches Vorgehen gegen den Erzbischof von Köln um so mehr am Platze. Der Minister von Altenstein richtete an ihn einen Brief gar ernsten und drohenden Inhaltes, worin er ihm erklärte, es könne unmöglich angehen, daß, wie der

Erzbischof thue, Staat und Kirche wie zwei gleichbe=
rechtigte Gewalten einander gegenübergesetzt und die
Gültigkeit der Beschlüsse von Trient (in den Ehesachen)
den Staatsgesetzen gegenüber behauptet würde. Wenn
der Erzbischof diese Stellung als unhaltbar nicht ver=
ließe, so würde er — der Minister — sich genöthigt
sehen, die Kirche zu bekämpfen und zwar nicht allein
da, wo sie factisch dem Staate gegenüber trete, son=
dern auch da, wo vorausgesetzt werden könnte, daß
sie dazu im Stande sein würde.*) So Minister —
Altenstein im Jahre — — 1836.

Auch die Hermesianer nahm Minister Alten=
stein in Schutz und nannte die von Clemens August
gegen sie ergriffenen Maßregeln eine Verfolgung, die
dem Geiste des preußischen Staates ganz entgegen wäre.

Die Hermesianer, von denen hier die Rede
ist, waren hartnäckige Anhänger des theologischen Sy=
stems des am 26. Mai 1831 in Bonn verstorbenen
Professor Hermes, nachdem dieses System bereits
durch ein päpstliches Breve vom 26. Sept. 1835 ver=
urtheilt worden war. Sie fuhren fort in hermesischer
Weise zu lehren, behauptend, der päpstliche Stuhl sei
von den Gegnern ihres Systems irre geführt worden.
Statt sich demüthig zu unterwerfen, haderten sie un=
abläffig mit ihren Gegnern und dem römischen Stuhle.
Sie waren gleichsam die „Neuprotestanten" der
breißiger Jahre. Cardinal Lambruschini gab ihnen
die schöne Antwort: „Ihr habt den Weg des Irr=
thums betreten. Der Proceß ist beendigt; möchte
nun endlich auch der Irrthum beendigt sein. Er=
kennet, das Reich Gottes bestehe im Glauben, nicht
in Wortzänkereien. Möge euch Gott die Gnade
der Demuth geben!"

---

*) Vergl. Eduard Michelis a. a. O.

Als Clemens August den erzbischöflichen Stuhl von Köln bestieg, war der hermesische Spectakel so recht im Gange. Er mußte als Oberhirt und Wächter des Glaubens seiner Diöcese Maßregeln dagegen ergreifen. Da kehrte sich der ganze Ingrimm und die ganze Parteiwuth, wie sie verbissenen Ketzern eigen zu sein pflegt, gegen den neuen Erzbischof. Die Wuth steigerte sich in dem Maße, als sie Schutz und Rückhalt bei der weltlichen Macht fanden, auf welche Irrlehrer bekanntlich stets recurriren. Es ist nicht zu leugnen, daß der Kampf, den der Erzbischof gegen die entfesselten Hermesianer zu bestehen hatte, ihm bitterer war und ihm herbere Stunden bereitet hat, als selbst der Kampf mit der Regierung. Sie trieben ihre Feindschaft gegen den Oberhirten so weit, daß sie sich nicht geschämt haben, selbst die ehrwürdige Person eines Clemens August in Schriften und Reden zu lästern. Der Erzbischof stand fest. Er hatte ja schon früher als Generalvicar in Münster Gelegenheit gehabt, in ähnlicher Sache zu handeln. Er versagte der „Bonner theol. Zeitschrift", dem hermesischen Centralorgan, das Imprimatur, verbot das Lesen hermesischer Schriften und verweigerte den Vorlesungen der hermesischen Professoren die Approbation. Der Regierungsbevollmächtigte an der Universität Bonn, Curator Rehfues, behauptete, der Erzbischof habe gar nicht die Befugniß, die theologischen Vorlesungen zu approbiren, und drohte, allen Theologiestudirenden ihre Staatsstipendien zu entziehen und sie aus dem Convicte zu verweisen, wofern sie sich weigerten, die von dem Inspector des Convictes, dem Hermesianer Prof. Achterfeld, vorgeschriebenen Vorlesungen zu hören. Den Studirenden blieb somit nur die Wahl zwischen dem Gehorsam gegen Rehfues oder Cle=

mens August. Sie wählten den Gehorsam gegen den Erzbischof und verließen massenweise freiwillig das Convict. Viele von ihnen waren ganz dürftig. Der Erzbischof bot zu ihrer Unterstützung Alles auf und verkaufte in der Noth sogar zu diesem Zwecke seine silbernen Leuchter. Rehfues gab bald nachher eine kleine Schrift heraus: „Die Wahrheit in der hermesischen Sache," worin die abgenutzten Schlagwörter „Gewissensfreiheit, Unverletzlichkeit der Beamten, Aufklärung, deutsche Universitätsbildung, deutsches Staats= und Kirchenrecht" die Waffen gegen das Verfahren des Erzbischofs abgeben mußten. Kehren wir indeß wieder zur Hauptsache zurück.

Nach dem erwähnten Drohschreiben des Ministers von Altenstein wurden noch einige Versuche gemacht, den Erzbischof in Sachen der gemischten Ehen zu einer befriedigenden Erklärung zu vermögen. Seine Erklärung lautete: „Ganz einfach liegt die Sache wie folgt: Zwei Normen meiner Handlungsweise liegen vor: erstens das Breve, zweitens die Uebereinkunft. Ich befolge demnach soviel möglich beide Normen; wo aber die Instruction (die Uebereinkunft) nicht in Einklang zu bringen ist mit dem Breve, da richte ich mich nach dem Breve. Dieses und nichts Anderes verstehe ich unter den Worten: „gemäß dem Breve und der Instruction". . . Ich will mich nicht in den Fall setzen, in welchen einer meiner Confratres*) eben in Beziehung auf diesen Gegenstand gekommen ist, nämlich anf dem Todesbette widerrufen zu müssen, was ich im Leben gethan habe." Die Geduld des herrschgewaltigen Ministers Altenstein war jetzt erschöpft, und so ließ er unter dem 24. October ein

---

*) S. oben S. 17. Anmerk.

Ultimatum an Clemens August richten, dessen In=
halt der Erzbischof selbst in einem Schreiben*)
an einen vertrauten Pfarrer unter dem 31. October
1837 wie folgt angibt:

„In der hermesischen Sache hätte ich mehrere Schritte
mit Nichtachtung der Landesgesetze und Verletzung der vor=
geschriebenen Formen gethan, deren Unzulässigkeit ich selbst
jetzt anzuerkennen scheine.

Wenn der König auch davon huldreichst absehen wollte,
so könne doch nicht ohne unmittelbare und ernstliche Ahn=
dung gelassen werden, was mir nach dem oben angeführ=
ten Bericht jetzt noch zur Last falle. Ich habe nämlich
nicht allein meine Zusicherung, „die an die Vikariate Seitens
der Bischöfe vor meiner Wahl erlassene Instruktion im
Geiste der Liebe und des Friedens auszuführen", unerfüllt
gelassen, sondern das Vertrauen der Behörden in dem
Grade getäuscht, daß ich nur dann die kirchliche Trauung
gestatte, wenn sich das Brautpaar zur Erziehung sämmt=
licher Kinder in dem Katholischen Glauben durch ein aus=
drückliches Versprechen zuvor verpflichtet habe. Wenn ich
nicht über das Vorige ohne Zeitverlust eine befriedigende
Erklärung gebe, und das Versprechen gebe, die schon an=
geführte Instruktion ausführen zu wollen, so werden so=
fort die Maßregeln eintreten, deren unmittelbare
Folge die Hemmung meiner amtlichen Wirk=
samkeit sein werde.

Wenn mich Gewissenszweifel hindern, dem Ge=
sagten zu genügen, so werde das zwar geachtet, könne
aber Niemand von der Befolgung der Gesetze freisprechen.

Der König wolle mir jedoch gestatten, das Erzbis=
thum niederzulegen, wo dann wegen des Vergan=
genen nicht weiter werde eingeschritten werden. Ich möge
mit der Antwort eilen, und ihr eine solche Fassung geben,
daß sie dem König vorgelegt werden könne."

„Meine Antwort — schreibt der Erzbischof an
denselben Pfarrer — enthält die Anlage." Sie
lautet:**)

„Auf Euer Excellenz gefälliges Schreiben vom 24. laufenden Monats beehre ich mich, gehorsamst zu erwiedern, daß ich nicht weiß, Veranlassung gegeben zu haben zu der Meinung, als erkennte ich selbst die Unzulässigkeit mehrer von mir in der hermesischen Angelegenheit gethaner Schritte an: die Sache ist rein kirchlich, da bloß von der Lehre die Rede ist.

Was nun die gemischten Ehen betrifft, so erkläre ich hiermit wiederholt, und zwar im Einklange mit meiner, vor meiner Wahl Euer Excellenz eingesendeten vertraulichen schriftlichen Erklärung:

„Daß ich in den Angelegenheiten der gemischten Ehen gemäß dem päpstlichen Breve und der Seitens der Bischöfe an die General=Vicariate erlassenen Instruction, und zwar so verfahren werde, daß ich, soviel thunlich, beiden folge; wo aber die Instruction mit dem päpstlichen Breve nicht in Einklang zu bringen ist, mich nach dem päpstlichen Breve richte." —

Ich muß jedoch gehorsamst bemerken, daß in meiner oben erwähnten an Euer Excellenz vor meiner Wahl eingesendeten Erklärung von der an die Vikariate erlassenen Instruction keine Rede war, auch nicht sein konnte, da Euer Excellenz derselben nicht erwähnt hatten; und ferner, daß meiner vorstehenden Erklärung nicht Gewissens=zweifel, sondern die feste Ueberzeugung zu Grunde liege, kein Bischof dürfe eine Erklärung geben, welche mit der angeführten in Widerspruch ist.

Ich darf übrigens nicht unterlassen, auch für mich die Gewissensfreiheit in Anspruch zu nehmen, und die Rechte der Katholischen Kirche und die freie Ausübung der Katholischen Kirchengewalt zu verwahren, dabei auch gehorsamst zu bemerken, daß meine Verpflichtung gegen die Erzbiöcese und gegen die ganze Kirche mir verbietet, sowohl meine Amtsverrichtungen einzustellen, als mein Amt niederzulegen.

In allen weltlichen Dingen bin ich Seiner Maje=stät gehorsam, wie es einem treuen Unterthan geziemt.

Cöln am 31. October 1837.

Clemens August,
Freyherr Droste zu Vischering.
Erzbischof von Cöln."

Bis dahin waren die Dinge gediehen. Clemens August war auf Alles gefaßt. Eduard Michelis der treue Kaplan seines Erzbischofs ahnte ebenfalls, was kommen würde, und bat den Erzbischof, ihn seine Haft theilen zu lassen, was dieser ihm zusagte. Ich will hier keine Reflexion machen; aber welchem Priester fällt hier nicht ganz von selbst das ergreifende Zwiegespräch zwischen Papst Sixtus und seinem Diakon Laurentius ein?*) Aehnliche treu-kirchliche Gesinnung beseelte die bei weitem größte Mehrzahl des Curatklerus, während dagegen — — das Kölner Domcapitel, mit Ausnahme einiger, aus ganz andern Männern bestand — als es heute der Fall ist. Das wußte Niemand besser, als Altenstein.

3. Der 20. November des Jahres 1837.

Es war am Abende des 20. November 1837, als eine Abtheilung Dragoner von Deutz über die Schiffbrücke nach Köln ritt. Ein Infanterie-Bataillon rückte zur selben Zeit so vorsichtig als möglich aus den Kasernen in Köln zum Gereonsplatz, an welchem die Residenz des Erzbischofs liegt. Nachdem der Platz vollständig menschenleer gemacht war, besetzte das Militär in größter Stille auf allen Seiten die Zugänge der Gereonsstraße. Alle Regimenter der Besatzung waren in den Kasernen consignirt. Es war ein dunkler Abend; schwere Regenwolken hingen am düstern Firmamente über der Stadt, die keine Ahnung hatte von dem unerhörten düstern Ereignisse, das

---

*) Quo progrederis sine filio, pater? et reliqua. Vergl. Römisches Brevier 6. August 9. Lesung und die Responsorien am 10. August.

unter dem Schleier der Finsterniß in ihren Mauern vor sich gehen sollte.

Der Oberpräsident der Rheinprovinz, Herr von Bodelschwingh, der Regierungspräsident, Herr von Ruppenthal, der Justitiarius der Regierung Birk und der Oberbürgermeister von Köln, Steinberger, schritten von Gensdarmen begleitet über den stillen von Soldaten umzingelten Gereonsplatz und schellten an der Pforte des erzbischöflichen Palais.

Sie befahlen dem öffnenden erstaunten Diener, sie zum Erzbischofe zu führen und stiegen die Treppe hinauf.

Clemens August saß in seinem Arbeitszimmer, mit den Angelegenheiten seiner ausgedehnten Diöcese beschäftigt. Bei ihm war sein vortrefflicher Kaplan Eduard Michelis.

Plötzlich wird die Thür des Zimmers mit Heftigkeit aufgeworfen, und die genannten Herren stürzen ohne anzuklopfen und unangemeldet mit Hast hinein und umgeben sofort von drei Seiten den Erzbischof. Dieser erhebt sich und steht ehrfurchtgebietend vor ihnen. Der Oberpräsident in Uniform, den Degen an der Seite, zieht eine Cabinets-Ordre hervor und liest sie mit lauter Stimme. Sie stellt dem Erzbischof die Wahl, entweder sich freiwillig nach Münster zurückzuziehen oder als Gefangener nach Minden transportirt zu werden. Der Erzbischof bittet seinen Kaplan, sich in sein Zimmer zu begeben. Michelis weiß, was sein Erzbischof wählen wird, und freut sich sein Begleiter nach Minden zu werden. Der Oberpräsident richtet sodann an Clemens August die Frage, ob er sich freiwillig nach Münster zurückziehen wolle.

„Der gute Hirt verläßt seine Heerde nicht!" lautet die Antwort des Erzbischofs.

„Dann erkläre ich im Namen des Königs: Sie

haben Köln und die Erzdiöcese zu verlassen und werden nach Minden transportirt werden."

Clemens August erwidert kurz und gefaßt: „Das muß ich mir gefallen lassen."

Oberpräsident: „Werden Sie der Gewalt weichen?"

Clemens August: „Ich weiche der Gewalt."

Auf die weitere Frage, ob der Erzbischof Jemand mitnehmen wolle, antwortete dieser: „Natürlich, meinen Kaplan Michelis." Das wird dem Erzbischofe ausdrücklich zugestanden, nur könne Michelis nicht in demselben Wagen fahren. Der angespannte Wagen harrt vor der Hausthür. Bodelschwingh faßt den treuen Hirten am Arm — das Zeichen — der Gewalt.

Clemens August ergreift sein Brevier, das in der Nähe auf dem Pulte liegt, und erklärt noch einmal: „Ich weiche kein Haarbreit ab von dem, was ich erkärt habe, von meiner Pflicht", dann folgt er entschlossenen Schrittes dem Oberpräsidenten. In der Hausthüre, unmittelbar vor dem Einsteigen, blickt er den Oberpräsidenten fest an und spricht das Wort des Gottvertrauens: „Alle Haare unseres Hauptes sind gezählt!"

Der Wagenschlag öffnet sich, um das Opfer der Hirtentreue aufzunehmen. Mit ihm steigt der Obrist der Gensdarmerie aus Coblenz ein, auf den Bock setzt sich noch ein Gensdarm — und wie wenn der wehrlose Oberhirt trotz Gensdarmen und Dragoner noch nicht genug „gesichert" wäre, ruft ihm der Oberpräsident noch laut zu: „Die Thüren Ihres Wagens werden von außen zugeschlossen!" — eine leere unnöthige Drohung.*)

---

*) Die vorstehende Darstellung ist nach dem Berichte bearbeitet, den Clemens August selbst über seine Gefan-

Nach diesem barschen Abschiedsworte ging es hinaus in die schwarze, rauhe, stürmische Nacht, auf allen Seiten des Wagens scharfe Bedeckung. In Mühlheim wartete eine Fähre, welche Wagen und Reiterei übersetzte, und weiter ging es nach Minden zu. In zwei Nächten und Tagen wurde die Strecke von 60 Stunden ohne längern Aufenthalt vollendet, so daß am Abende des zweiten Tages der Erzbischof den Ort seiner Haft erreichte. Nicht weit mehr von Minden fragte Clemens August den begleitenden Gensdarmerie-Obristen, ob er in Minden auf die Festung gesetzt werden würde, was dieser verneinte mit dem weiteren Bemerken, daß er sich in Minden ein Quartier miethen könne. Hören wir über die Ankunft in Minden und seinen dortigen Aufenthalt den Erzbischof selber. Er schreibt:

„Sobald ich in Minden, wo ich in der Commandatur abgesetzt wurde, angekommen war, bemerkte ich, daß ich ein Gefangener wäre, welches aber der Regierungspräsident nicht gelten lassen wollte, weil das Gouvernement es nicht wolle. Ich merkte wohl, daß ich mein Zimmer nicht verlassen konnte.

Der Regierungspräsident miethete nun für mich ein Quartier. Am Abend wurde ich im Wagen nach meinem Quartier gefahren, beim Herrn Kaufmann Vögeler; die Hausleute waren sehr freundliche, gefällige Leute. In dem Hause war Tag und Nacht zu meiner Bewachung abwechselnd ein Gensdarm oder ein Unteroffizier einquartiert, welchem auch die Hausschlüssel haben gegeben werden müssen, und welcher mich bei jedem Ausgange zur Kirche oder zur Bewegung begleitete. Ich habe keinen einzigen

---

gennehmung in der Schrift Ueber den Frieden unter der Kirche und den Staaten Münster 1843 Seite 281 niedergelegt hat. Er bemerkt über diesen Bericht: „Was ich über meine Verhaftung geschrieben habe, das habe ich geschrieben, weil so viel darüber geschrieben worden, damit man wisse, was wahr ist."

Besuch gemacht. Niemand durfte mich ohne einen Einlaß=
schein vom Regierungspräsidenten, in welchem die Anzahl
der Tage, bisweilen auch der Stunden bestimmt waren,
besuchen, ausgenommen waren: mein Freund, der Dom=
herr von Korff, welcher mir treulich bis zu Ende Ge=
sellschaft geleistet hat, und der Oberpfarrer Consistorialrath
Zieren und der Arzt. Keinen Brief konnte ich durch die
Post absenden, es sei denn, daß der Regierungspräsident
ihn zuvor gelesen hätte; da ich aber zu einem solchen Ver=
fahren nicht die Hand bieten wollte, habe ich gar keinen
Brief geschrieben. Auch sollte ich keinen Brief — alle gin=
gen durch die Hände des Regierungspräsidenten — öffnen
und lesen, oder der Regierungspräsident mußte ihn auch lesen;
deshalb öffnete ich die Briefe nicht, sondern schrieb darauf:
„Als unbestellbar, ungeöffnet zurück!" Das mißfiel i
Berlin, und wurde der Post das Annehmen solcher Brief
verboten; ich habe aber daran mich nicht gestöret. Ein=
mal brachte der Stellvertreter des Herrn Regierungsprä=
sidenten, da dieser abwesend war, einen Brief, welcher nach
der Aufschrift vom Cardinal Staatssecretär Lambruschini
war; da er aber geöffnet war, gab ich ihn ungelesen zurück."

Schmerzlich mußte es den Erzbischof berühren,
daß man trotz der ausdrücklichen Zusage seinen Ka=
plan Michelis ganz von ihm trennte. Vor
dem Einsteigen in den Transportwagen hatte er den
Oberpräsidenten von Bodelschwingh noch einmal ge=
beten, ihm den Kaplan Michelis bald nachzuschicken,
und Bodelschwingh hatte geantwortet: „Das soll ge=
schehen." Freilich schickte man ihn nach, eine Stunde
nach der Wegführung des Oberhirten, aber nicht zu
seinem Erzbischof, wie dieser gewünscht hatte, sondern
um ihn fast vierthalb Jahre, bis April 1841, in
völliger Trennung vom Erzbischofe gefan=
gen zu halten.

„Mein ehemaliger Kaplan E. Michelis" — so schreibt
Clemens August — „wurde mit Gensdarmen nach Minden
gebracht — weshalb gefangen? ist nicht bekannt. Er wurde
in Minden bewacht; von Minden mit Gewalt nach Mag=
deburg gebracht und dort in schwerer Haft gehalten —

weshalb ist nicht bekannt geworden. Er wurde seiner
Haft in Magdeburg entlassen, und ihm eröffnet, der Grund
seiner Verhaftung sei weggefallen, und er möge sich nach
Erfurt begeben. Weil er aber forderte, gehen und stehen
zu können, wo er wollte, so wurde er mit Gensdarmen
nach Erfurt gebracht und durch die Zwangsgewalt des
Staates abgehalten, Erfurt zu verlassen."

4. Felix culpa. Glückliche Schuld.

Die Gewaltthat war vollbracht; der Erzbischof
wegtransportirt. Noch in derselben verhängnißvollen
Nacht der Gefangennehmung versammelte der Oberpräsident das Kölner Domcapitel, theilte ihm einen
Erlaß des Ministers von Altenstein, der eine Reihe
der schwersten Anschuldigungen gegen den Erzbischof
enthielt, mit und vermochte das s ch w a ch e Capitel,
die Verwaltung der Erzdiöcese sich anzumaßen, „gleichsam bei Erledigung des Erzbisthums durch den Tod
des Inhabers!" Bis zu dem Grade e r n i e d r i g t e
sich das d a m a l i g e Domcapitel! Nachdem das Domcapitel gewonnen war, galt es, die Gewaltthat vor
der Oeffentlichkeit zu rechtfertigen. Da wurden denn
Tausende von Proclamationen an das Volk verbreitet,
und in der Staatszeitung und in unzähligen andern
Blättern wurde ein Publicandum abgedruckt, welches,
von den Ministern Altenstein, Rochow und Mühler
unterzeichnet, die schwere Schuld des Erzbischofs aller
Welt kund machen sollte. Clemens August wurde
darin der Verfolgungssucht gegen die Hermesianer,
der Wortbrüchigkeit, der Nichtbeachtung der Gesetze des
Staates und sogar eines Einverständnisses
mit zwei revolutionären Parteien in der
dreistesten Weise angeschuldigt. Was aber das katholische Volk mit der schmerzlichsten Ungewißheit erfüllte, war der Schein, den man anzunehmen wußte,
als geschehe alles mit Vorwissen und Uebereinstim-

mung mit dem apostolischen Stuhle. Solcher Mittel bediente man sich, um das Volk zu täuschen. Der Gewaltthat gegen den Erzbischof fügte man den moralischen Mord desselben hinzu.

Aber man hatte sich verrechnet; das Lügengewebe hielt nur kurze Zeit. Jedermann erfuhr bald die näheren Umstände und die wahre Veranlassung der Gefangennehmung des Erzbischofs. Hierdurch nahm die Sache eine ganz andere Wendung, als die Feinde erwartet hatten. Hören wir über diesen Umschwung der Dinge den damaligen Bischof von Speier Johannes von Geissel, den Nachfolger unseres Clemens August. Er schreibt:

„Wie groß mußte das Erstaunen und der Unwille sein, als sich nach einiger Zeit bis zur Evidenz ergab, daß alle diese Beschuldigungen nur die schamlosesten Lügen waren! Man hatte Kanonen anfgefahren, Cavallerie ausrücken lassen und Infanterie in Schlachtordnung schußfertig aufgestellt, um einen schwachen greisen Bischof von seinem Sitze zu werfen, und um diesen kirchenschänderischen Angriff vor Deutschland zu rechtfertigen, hatte man die Frechheit gehabt, den wehrlosen gefangenen Prälaten als wortbrüchigen Rebellen und Hochverräther gegen seinen König darzustellen. Die in Cöln, Bonn, Coblenz und Berlin errichteten Correspondenz-Fabriken sollten die That rechtfertigen, und die gekauften Zeitungen das Publikum bearbeiten, damit die öffentliche Meinung den Gewaltstreich gut heißen und in der Gefangennahme des Erzbischofs nur die Bestrafung eines Ungehorsamen erblicke. Man hoffte so die ganze Sache zu entstellen und sie zuletzt mit dem verschwundenen Prälaten in Vergessenheit zu bringen. Allein das Bestreben der besoldeten Zeitungen hatte gerade den entgegengesetzten Erfolg; die künstlichen Correspondenz-Artikel öffneten Jedermann die Augen, und das ganze schlau angelegte Gewebe der Lügenhaftigkeit diente nur dazu, den Hochw. Erzbischof in seinem echt katholischen Verfahren zu rechtfertigen und den Fanatismus seiner Gegner in seiner Blöße hinzustellen. Das Lügengewebe ist zerrissen, die Maske der Toleranz abgefallen,

und die seit Jahren dauernde stille Unterdrük=
kung ist in offene Verfolgung übergegangen.
Julian ist Diocletian geworden. Der Protestan=
tismus, der eine Zeitlang Gewissensfreiheit und Duldsam=
keit heuchelte, ist zu seiner angeborenen Natur häretischer
Bitterkeit und Verfolgungssucht zurückgekehrt und hat der
katholischen Kirche und ihrer Autonomie offenen Krieg
erklärt. Das No=Popery=Geschrei ist auch in Preußen die
Parole. Es gilt der katholischen Kirche, ihren Lehren und
ihren Satzungen — und je lauter das Gegentheil von
Berlin her versichert wird, desto klarer offenbart sich das
Bestreben, die katholische Kirche unter das Joch des Staa=
tes zu zwingen, um zuletzt sie mit den Riemen dieses Joches
zu erdrosseln." *)

Dieselben Gefühle, denen Bischof Geissel in den
vorstehenden Worten so energischen Ausdruck gibt, be=
seelten bald nach der Gewaltthat alle ihrer Kirche
treu ergebenen Gemüther. Aller Augen waren auf
Clemens August gewandt, und eine allgemeine Hoff=
nung lebte auf, als man hörte, wie der Erzbischof
ungebeugt und unbesiegt auch als Gefangener die
Freiheit der Kirche behauptete. Mit einer Spannung,
wie es seit 300 Jahren nicht mehr der Fall gewesen,
harrte man auf die Entscheidung von Rom. Da
ertönte am 10. December 1837 die klagende Stimme
des Stellvertreters Christi vom Vatican her. Sie
flog über ganz Europa hin und fand selbst über dem
Ocean ein Echo. Gregor XVI. sprach:

„Was Niemand sich vorstellen oder denken konnte, was
auch nur leichthin zu muthmaßen ein Verbrechen gewesen
wäre, das ist auf arglistigen Betrieb der weltlichen Macht
geschehen. Unter diesen Umständen glauben wir es Gott,
der Kirche und dem Amte, welchem wir vorstehen, schuldig

---

*) Schreiben des Bischofs Johannes von Geissel vom
9. Febr. 1838, abgedruckt in der Deutsch. Reichsztg. 1872
Nr. 13. Das denkwürdige Schreiben charakterisirt die
große Erregung der damaligen Zeit, wornach ein=
zelne scharfe Ausdrücke zu beurtheilen sind.

zu sein, daß wir unsere apostolische Stimme er=
heben und die verletzte kirchliche Freiheit, die
verachtete bischöfliche Würbe, die usurpirte hei=
lige Gerichtsbarkeit und die mit Füßen getre=
tenen Rechte der katholischen Kirche und dieses
heiligen Stuhles öffentlich reklamiren. Während
wir aber dies thun, wollen wir zugleich dem in jeglicher
Tugend ausgezeichneten Manne, dem Erzbischofe von
Köln, das bestverdiente Lob dafür ertheilen, daß
er die Sache der Religion mit so großer eigener
Gefahr unüberwinblich verfochten hat. Wir
ergreifen auch diese Veranlassung, öffentlich und feierlich
kund zu geben, daß wir alle und jede gegen den wahren
Sinn der von Unserm Vorgänger erlassenen Erklärung in
dem Königreiche Preußen auf unrechtmäßige Weise einge=
führte Praxis in Betreff der gemischten Ehen gänzlich
verwerfen."

Es läßt sich schwerlich ein Begriff davon geben —
schreibt Ed. Michelis — welche Wirkung diese Worte
in den Gemüthern hervorbrachten. Es war, als
wenn nach einem langen Traume die Völker sich
wieder klar würden über ihren religiösen Beruf. Und
Aller Herzen hatten den moralischen Mittel=
punkt der christlichen Welt, den seit 300 Jahren
die Kirchenspaltung dem Auge der Völker wie mit
einem Nebelschleier verhüllt hatte, im Statthalter
Christi wieder gefunden. Die Scheidewand, die man
seit 300 Jahren zwischen den Herzen der Katholiker
und Rom zu bauen sich bemüht hatte, war mit Einem
Male gefallen. Sie sahen ein, daß Gewissensfreiheit,
Geistesfreiheit, Glaube und Tugend vom Despotismus
der Beamtenwelt mit Füßen getreten würden, wenn
nicht ein höherer Sachwalter, mit einer Sendung von
Oben ausgerüstet, über diese höchsten Güter der Mensch=
heit wachte. Selbst die Protestanten fühlten tief die
höhere Macht dieser Stimme und wurden sich bewußt,
was ihnen fehle.

Unter dem 26. December erhielt das Kölner Domcapitel einen scharfen wohlverdienten Verweis, daß
es gegen alles kanonische Recht die Verwaltung
der Diöcese sich angemaßt hatte; es mußte die Verwaltung niederlegen, und Generalvicar Hüsgen durfte
fortan nur als Vertreter des Erzbischofs
bis auf Weiteres die Verwaltung führen. Ein empfindlicher Schlag für die weltliche Behörde, der noch
empfindlicher wurde, als die Bischöfe von Münster
und Paderborn, weit entfernt, durch die Gefangennahme erschreckt zu sein, durch die Allocution des
Papstes völlig aufgeklärt, sich förmlich von der
Convention über die gemischten Ehen lossagten.
Die Stadt Münster brachte, über diesen Schritt ihres
Bischofs hocherfreut, demselben einen glänzenden Fak-
kelzug. Mit diesem Vorgehen der Bischöfe hörte
trotz allem Widerstreben der weltlichen Behörden die
falsche Praxis in gemischten Ehen wie mit Einem
Schlage auf. Das hatte das Wort des Papstes
bewirkt.

In gleicher Weise wirkte die am 8. März 1838
herausgebene Römische Staatsschrift, die „Ur-
kundliche Darstellung." Die preußische Regierung hatte es für rathsam gehalten, eine Staatsschrift zu erlassen, in welchem sie ihr Benehmen zu
rechtfertigen versuchte. Hierdurch wurde der apostolische Stuhl veranlaßt, auch seinerseits eine Staatsschrift zu veröffentlichen. Sie war einfach, enthielt
aber eine große Menge centnerschwerer Aktenstücke,
wodurch die preußische Schrift vollständig entwaffnet
wurde. Der Eindruck, den die von Rom veröffent-
lichten Aktenstücke auf alle ehrlichen Gemüther machen
mußten, war für die Gegner vernichtend, zumal für
den doppelzüngigen Bunsen, der durch sein fein

gesponnenes Netz politischer Heuchelei Rom völlig zu umgarnen gesucht hatte. Es war nicht zu verwundern, wenn der Volkswitz für „lügen" das Wort „bunsen" einführte. Er hat „gebunst" war in Westfalen noch lange Zeit üblich, um das derbe: „er hat gelogen" zierlicher auszudrücken. Nach und nach klärte sich das ganze Geheimniß der seit Jahren geführten Verhandlungen auf — war es auch noch so fein „gebunst". Mit Widerwillen wandten sich ehrliche Menschen ab von dem tiefen moralischen Abgrund, dem ein großer Theil der Beamtenwelt verfallen war. Selbst solche Katholiken, die bis dahin ganz lau gewesen, desgleichen die Mehrzahl der hermesischen Geistlichen wurden entschiedene Anhänger des Erzbischofs. Auch mehre der tüchtigsten Protestanten traten auf die Seite der katholischen Kirche und wurden die glühendsten Vertheidiger des großen Bekenners, während die Regierung die Demüthigung zu erleiden hatte, daß Schriftsteller, aus deren Munde ein Lob eine Niederlage ist, sich auf ihre Seite schlugen. Von katholischer Seite erschien eine ganze Reihe der vortrefflichsten Schriften, namentlich von Seiten wackerer Juristen. Alle in dieser Zeit für die Kirche auftretenden Schriftsteller übertraf aber an innerer Kraft und Wirkung der unsterbliche Görres, der wie ein Riese plötzlich auf dem Kampfplatze erschien, voll niederschmetternder Jronie, voll Alles begeisternder Kampfes- und Siegesfreudigkeit. Görres begriff das bedeutungsvolle Wort, welches Clemens August im Augenblicke seiner Verhaftung gesprochen haben soll: „Gott Lob — sie gebrauchen Gewalt!" Er durchschaute es am Klarsten, daß die Haft des Erzbischofs die Freiheit der Kirche bedeute, und hatte darum Recht, jene Ge-

waltthat als „felix culpa" — glückliche Schuld
— zu bezeichnen. Der katholischen Welt bemächtigte
sich eine freudige, begeisterte Stimmung; sie war
überzeugt, daß von dem Ereignisse zu Köln eine neue
Periode der Kirchengeschichte Deutschlands datiren werde.

5. Spectaculum mundo et angelis et hominibus.

Ein Schauspiel für die Welt, für Engel und Menschen.

Während dieser Umschwung im kirchlichen Leben
sich anbahnte und entwickelte, saß Clemens August als
Bekenner in der Festungsstadt Minden. Ueber seine
Bewachung daselbst haben wir schon gesprochen unter
Anführung seiner eigenen Worte. Jedes Eingreifen
in den Gang der Dinge war ihm unmöglich gemacht;
er besaß nicht einmal die Freiheit, selbstständig zu
correspondiren. Nur einen Brief hat er von Minden
geschrieben und zwar an den König selbst. Clemens
August bemerkt darüber Folgendes:

„Von Minden aus habe ich einen Brief in die Hände
des Königs gelangen lassen, und ihn per Estaffette nach
Berlin geschickt. Ich habe den Brief per Estaffette gesandt,
um möglichst gewiß zu sein, daß der Brief zu den eigenen
Händen des Königs gelange. Den Brief habe ich geschrie=
ben, weil ich zweifelte, daß dem Könige Alles, was ge=
schehen war, gehörig bekannt wäre. Ich beschrieb daher
dem Könige das Verfahren gegen mich und gab dessen
nächste schädliche Wirkung an. . . . Meine Petition war:
Der König möge doch unter Gottes Beistand erwägen, ob
es bei der Lage der Sache vor Gott recht sein und zum
Guten führen könne, wenn ich ferner gehindert würde
nach Köln zurückzukehren und die von Gott geknüpfte
Verbindung, gleich der ehelichen Verbindung, unter Hirt
und Heerde, Vater und Kindern ferner gehemmt würde.
Auf dieses Schreiben hat der König mir nicht geantwortet,
sondern durch die Herren Minister von Altenstein, Rochow
und Werther antworten lassen. Diese Antwort war in
der Form eines Protokolls, an den Regierungspräsidenten

in Minden gerichtet, abgefaßt und gleich dabei bemerkt, daß mir keine Abschrift des Protokolls gegeben werden sollte."

Fruchtlos blieb also dieser Brief, ebenso eine Deputation des katholischen Adels nach Berlin.

Clemens August blieb bis zum 21. April 1839 als Gefangener zu Minden. Eine Krankheit, die sein Leben zu bedrohen schien, nöthigte ihn, sich nach Darfeld, einem Schlosse seiner Familie im Münsterlande, bringen zu lassen. Nicht rathsam mochte es scheinen, den alten Erzbischof auf der Festung sterben zu lassen, und so erhielt er die Erlaubniß zur Ortsveränderung. Die Gefangenschaft selbst dauerte indeß auch hier fort. „Ob ich" — bemerkt Clemens August über diese Ortsverändernng — „so lange Gewalt mich von meiner Erzdiöcese entfernt hält, in Minden in Haft oder in Darfeld oder Münster oder wo immer im Exil mich befinde, das ist für meine Person mehr oder weniger quälend, für die Hauptsache aber nicht von Gewicht. . . . Dann muß ich noch bemerken, daß ich schon, bevor ich von Minden nach Darfeld transportirt wurde, erklärt hatte, daß nur Gewalt mich wider meinen Willen von der Rückkehr nach Köln abhalte, und daß ich diese Erklärung ebenfalls vor meiner Reise von Darfeld nach Münster abgegeben habe."

Das katholische Volk aller Orten richtete unverwandt seine Augen auf den gefangenen Erzbischof. An den Namen „Clemens August" knüpfte sich die begeisterte Verehrung aller wahren Katholiken. Eltern ließen ihren Kindern in der hl. Taufe mit Vorliebe den Namen Clemens August oder Clementine beilegen. Der Namenstag des Prälaten, der St. Clemenstag, 23. November, war zumal in Köln eine Veranlassung für die Katholiken, ihrem gefangenen

Oberhirten die lebhaftesten Sympathien zu bezeugen. Angesehene Bürger ließen in der ehrwürdigen **Minoritenkirche** ein feierliches Hochamt für den Oberhirten abhalten, an dessen Schlusse unter Schluchzen für den Erzbischof noch ein besonderes Gebet verrichtet wurde. Vor mir liegt eine Adresse dieser guten glaubenswarmen Kölner vom 23. November 1840, aus welcher ich wenigstens den Anfang hersetzen will.

„Hochwürdigster Herr Erzbischof! Heute, wo die katholische Kirche das Fest Ihres Namenspatrones, des heiligen Clemens, feiert, vereinigen sich auf's Neue die feurigsten Gebete und herzlichsten Glückwünsche aller gutgesinnten Diöcesanen für das Wohl ihres geliebten Oberhirten Clemens August, den die Gnade des Herrn in den schwierigsten Zeitverhältnissen als Hüter des Heiligthums seiner Kirche vorgesetzt hat. Mit freudigem Stolze und innigster Rührung blicken wir auf Sie, der der Welt ein so glänzendes Beispiel eines unerschütterlichen Muthes und apostolischer Standhaftigkeit gegeben, das bereits in der Gegenwart zum Heil unserer Kirche so herrliche Früchte getragen und sie für alle kommenden Zeiten noch ferner tragen wird; der das Opfer seiner persönlichen Freiheit, ja seiner Gesundheit selbst und noch alles Dessen, warum das Leben in den Augen der meisten Menschen allein Werth und Bedeutung hat, freudig dargebracht, um die Lehre, Disciplin und die Rechte unserer Kirche zu vertheidigen und unverletzt zu erhalten.“ u. s. w. u. s. w.

Aber nicht bloß die Diöcesanen, alle wahren Katholiken waren die begeisterten Anhänger des großen Bekenners. Wer Clemens August gesehen hatte, schätzte sich glücklich. Welche Verehrung die Katholiken Westfalens für ihren großen Landsmann trugen, zeigte sich besonders im Sommer 1841, als Clemens August auf Weisung der Aerzte das Bad Lippspringe besuchen mußte. Seine Reise dorthin, sein Aufenthalt daselbst und seine Rückkehr war buchstäblich ein ununterbrochener Triumph. Wir könnten hier nach uns vorliegenden Berichten aus dem Jahre 1841 ausführlich über die Ovationen berichten, wenn es der Raum gestattete. Nur Einzelnes sei erwähnt. Unter dem 3. August wurde dem „Westf. Merkur" aus Wiedenbrück geschrieben:

„Gestern hatten wir die große Freude, den hochwürd. Herrn Erzbischof Clemens August auf seiner Reise nach dem Bade Lippspringe in unserer Stadt zu sehen. Kaum hatte man von dieser hohen Erscheinung vorher Kunde bekommen, als man schon mit Eifer bemüht war, die betreffenden Straßen mit Ehrenbogen, Laubgewinden und Blumen zu schmücken. Gegen Mittag traf der Hr. Erzbischof ein, und eine große Menge Menschen eilte zu dem Vogelsang'schen Gasthofe, wo die Anspannung der Postpferde statt fand. Es war ein wahrhaft ergreifender Augenblick, als der hohe Prälat mit ungemein herzlicher Freundlichkeit und Liebe die Bewillkommnung der gesammten Geistlichkeit und der Mitglieder des Franziskaner-Klosters entgegennahm und seinen bischöflichen Segen über die versammelte Menge spendete. Viele der Theilnehmenden wurden zu Thränen gerührt, und die Begeisterung erreichte den höchsten Grad, als ein wiederholtes „Clemens August lebe hoch!" den Empfindungen der Herzen Luft machte, und der anscheinend noch kräftige Greis, dessen Aeußeres die größte Ehrfurcht gebot, sodann sich zur Weiterreise anschickte. Noch einmal wollte Jeder vor dem Scheiden seinen beseligenden Blicken begegnen, näher drängte sich Jeder an den Wagen, und nur mit Mühe konnte diesem der Weg zur Abfahrt gebahnt werden. Da entschwand Clemens August unsern Augen, aber unsere Herzen schlugen ihm nach, und ein erneuertes Lebehoch gab auch in diesem Augenblicke der Trennung noch die Gefühle der Versammlung zu erkennen."

Ueber seine Ankunft in Marienloh wurde der „Frankf. Oberpostamtsztg." unter dem 3. August aus Paderborn geschrieben:

„Gestern Abend um 6 Uhr ist unser hochw. Herr Erzbischof in Marienloh, zwei Stunden von hier, angekommen, um in Lippspringe das Arminiusbad zu gebrauchen. Eine ungeheure Menge der Bewohner der Umgegend war zu seinem Empfange von allen Seiten herbeigeströmt; manches Auge ward feucht, als es den edlen Kirchenfürsten, den verehrten Verfechter des römisch-katholischen Glaubens erblickte, der durch eine Menge Ehrenbogen in seine mit Blumen- und Laubgewinden verzierte Wohnung einzog. Weithin über die Haiden erschallte der Jubel und das endlose Lebehoch der Bewohner der Senne, die bei ihren einfachen Sitten noch mit alter unbiegsamer Treue fest am alten Glauben halten."

Ebenso festlich war der Empfang in Lippspringe. In einem Berichte von dort vom 6. August heißt es:

„Der Herr Pastor und der Herr Bürgermeister, obschon Protestant, beriethen und überlegten, was zu thun sei. Es wurden Blumengewinde gemacht, die Schützen-Compagnie bestellt, und mehrere Reiter ritten ihm bis nahe vor Marienloh entgegen, während der Herr Pastor mit Fahnen und der Schuljugend nebst dem Herrn Bürgermeister und der Schützen-Compagnie bis vor die Stadt entgegengingen. Hier begrüßte den Gefeierten zuerst der Herr Pastor, dann der Bürgermeister im Namen der ganzen Stadt, worauf der Herr Erzbischof freundlich dankte. Als er aus dem Wagen stieg, war am Brunnen kein Platz mehr. . . . Gegen 7 Uhr badete Er und um 8 Uhr fuhr Er unter dem Geläute der Glocken wieder ab, und ungefähr an 30 Reiter begleiteten Ihn bis nach Marienloh. Der Eindruck, den Er hier auf alle Gutdenkenden gemacht hat, ist unbeschreiblich; in manchen Augen standen Thränen der innigsten Rührung. . . . Die Würde und Freundlichkeit in seinem Gesichte übertrifft Alles. Ist das der Mann — dachte ich — der so Vielen Furcht einjagen, der die halbe Welt in Bewegung setzen kann, und den man gefangen hinwegführte? . . . Ich kann oft des Sehens nicht satt werden, wenn ich Ihn so betrachte. Wie wunderbar ist doch Gott in seinen Fügungen!"

Am 15. August machte Clemens August von Marienloh aus dem kranken Bischofe von Paderborn, Friedrich Clemens von Ledebur, (der schon bald nachher am 30. August gestorben) seinen Besuch. Eine Correspondenz aus Paderborn schreibt hierüber:

„Obschon der gefeierte Kirchenfürst im Stillen zu kommen glaubte, so war doch die Kunde vorangeeilt. Vom Detmolder Thore bis zur Wohnung unsers Bischofs waren daher die Straßen mit Triumphbogen und Laubwerk auf

das Festlichste ausgestattet. Der Jubelruf der frommen
Menge wetteiferte mit dem Geläute der Glocken. Es war
eine rührende Scene, unsern allgemein hochverehrten Oberhirten ungeachtet seiner Krankheit, geführt von seinem Rathe,
Herrn Henseler, den würdigen Metropoliten vor der Thüre
seiner Wohnung empfangen zu sehen u. s. w."

Die vorstehenden Mittheilungen genügen, um den
Zauber zu veranschaulichen, den der Gefangene von
Minden auf die katholische Welt ausübte. Es muß
doch etwas Erhebendes sein — ein Bischof, gefangen
genommen für die Sache der hl. Kirche! Fürwahr,
Papst Gregor XVI. konnte auf den gefangenen Erz-
bischof die Worte des Apostels anwenden: Specta-
culum factus est mundo et angelis et hominibus
— „Er ist ein Schauspiel geworden für die
Welt, für die Engel und Menschen!" Das
Angeführte gibt den Beweis. Noch sei hier eine Scene
dieses Schauspieles erwähnt, die sich bei dem
Abschiede des Bekenners Clemens August von Marienloh, am Morgen des 7. Sept., ereignete. Eine
Correspondenz aus Marienloh lautet:

„Der Senior des Dekanats Warburg, emeritirter Pfarrer
zu Wormeln, ein Greis von 74 Jahren, der die Seelsorge
wegen seines gebrechlichen Körpers seit vielen Jahren nur
mit Hülfe zweier Krücken und doch mit Eifer, Ruhm und
segensreichem Erfolge versah, erschien in Begleitung mehre-
rer Geistlichen verschiedener Dekanate, fuhr unmittelbar
vor die Treppe des Hauses, und steif und starr waren
Aller Augen auf den Ehrwürdigen gerichtet, als er, nicht
ohne Gefahr, durch mitleidige Hände von dem einfachen
Landwagen gehoben und zu dem, in der zweiten Etage
befindlichen Wohnzimmer des Herrn Erzbischofes geführt
wurde. Nachdem nun die Geistlichen ihre Herzensergüsse
dem Herrn Erzbischof schriftlich hatten überreichen lassen,
ließ Hochderselbe sie näher treten. Ein herzergreifender
Anblick! wie die beiden, unter schweren Mühseligkeiten im
Weinberge des Herrn ergrauten Arbeiter — die ohne Zweifel mit einander das Gefühl theilten: dulce est, socium
habuisse malorum, — in diesem Augenblicke vor einander

ftanden. Gerührt vom innigſten Mitleide ſprach der hohe Prälat zu dem auf ſeine Krücke geſtützten Pfarrer, ihm freundlich die Hand drückend, daß er gerne hätte hinunter= kommen mögen, wenn ihm die kümmerlichen Umſtände des Pfarrers vorgeſtellt worden wären. Dieſer aber, ehr= furchtsvoll zu ihm aufblickend, dankte für das bewieſene Mitleid und gab zu erkennen, daß der heißeſte Wunſch ihn getrieben habe, den Herrn Erzbiſchof zu ſehen und in Gemeinſchaft mit ſeinen anweſenden Amtsbrüdern den ober= hirtlichen Segen zu empfangen. Als nun der Prälat den Gelähmten daran erinnert hatte, er möge, da er nicht anders könne, nur in Gedanken knieen, blieb derſelbe, auf ſeine Krücke gelehnt, mit gebeugtem Haupte ſtehen, während die übrigen Geiſtlichen ſich auf die Kniee warfen, und empfing, wie dieſe, in tiefſter Ehrfurcht den erflehten Segen. — Voll Freude, wie ein Simeon, trat nun der Senior die Rückreiſe mit ſeinen Gefährten an, ſeine Herzensgefühle ausgießend in den Worten: „Nunc dimittis servum tuum Domine in pace!"

Ueber den Empfang des Erzbiſchofs bei ſeiner Rückkehr nach Münſter berichtet unter dem 8. Sept. folgende Mittheilung aus Münſter:

„Geſtern kehrte der hochwürdigſte Herr Erzbiſchof von Cöln, Clemens Auguſt, Freiherr von Droſte=Biſche= ring, von dem Bade Lippſpringe in beſter Geſundheit in unſere Stadt zurück. Die Bürger von Münſter benutzten dieſe Gelegenheit, Hochdemſelben heute durch einen äußerſt zahlreichen und glänzenden Fackelzug ihre Freude über ſeine gänzliche Geneſung zu beweiſen und zugleich dem ſtand= haften und treuen Kämpfer für die Rechte ihrer Kirche ihre tiefe Ehrfurcht und innigſten Dankgefühle darzubringen. Gegen 8 Uhr verſammelten ſich über 600 Bürger mit Fackeln auf dem Domplatze, ordneten ſich nach einzelnen Kirchſpielen und zogen mit der Geiſtlichkeit, wie auch zwei Deputirten jedes Kirchſpiels und einem Muſik= chor in ihrer Mitte, in Begleitung einer zahlloſen Menge über die Rothenburg, den Principalmarkt und den alten Steinweg dem Hofe des Grafen von Droſte zu, worin der Herr Erzbiſchof ſeit ſeiner Rückkehr aus Darfeld ſeine Wohnung genommen. Die Vorderſten der Fackelträger ſtellten ſich auf dem Vorplatze des von Droſte'ſchen Pa= lais auf; Alle konnte der geräumige Platz nicht faſſen.

Während das Musikchor einige passende Stücke aufführte, begaben sich die Pfarrer der Stadt und die Deputirten der Bürgerschaft in die Gemächer des Herrn Erzbischofs. Hochderselbe empfing sie mit größter Huld und Freundlichkeit. Als der Herr Pfarr=Dechant Dr. Kellermann in einer kurzen und herzlichen Anrede die großen Verdienste des hohen Prälaten als Generalvikar der münsterischen Diöcese, als Gründers des segensreichen Institutes der barmherzigen Schwestern und als ruhmvollen und unerschütterlichen Vertheidigers der katholischen Kirche hervorgehoben hatte, dankte der Herr Erzbischof sichtbarlich gerührt mit einfachen bewegten Worten. Darauf sprach der Herr Kaufmann Busser die Gefühle des innigsten Dankes und der tiefsten Verehrung der Bürger Münsters gegen Se. bischöfl. Gnaden aus, und nachdem der Herr Erzbischof auch ihm geantwortet und Alle aufgefordert hatte, doch ja im Gebete und Glauben standhaft zu verharren, ertheilte er auf Bitten der Abgeordneten ihnen seinen erzbischöfl. Segen mit dem ausdrücklichen Bemerken, es solle dieser Segen im Namen Gottes über alle Bürger gesprochen sein. Clemens August begab sich hierauf in Begleitung sämmtlicher Deputirten in die Mitte der im Hofe versammelten Menge, wo er mit donnerndem Lebehoch empfangen wurde. Das erhabene, freundliche und ehrfurchtgebietende Aeußere des hohen Kirchenfürsten machte einen unbeschreiblichen Eindruck auf Alle, und als er den einzelnen Bürgern freundlich dankte, sah man in den Augen Vieler Thränen der Freude und Rührung glänzen. — Ausgewählte Sänger begannen nun ein passendes, zu dieser Feier eigens verfaßtes Lied, und begeistert stimmten Alle in den Chor ein:

„Gott erhalte Clemens August,
Unsrer Kirche Stolz und Ruhm!"

Als sich der Hr. Erzbischof nach Beendigung des Liedes in seine Wohnung zurückbegab, rief er zu wiederholten Malen: „Hoch leben die braven Bürger von Münster!" was von diesen mit dem unaufhörlichen Rufe: „Clemens August lebe hoch!" beantwortet wurde. — Keine Störung unterbrach die bedeutungsvolle und unvergeßliche Feier dieses Abends, und die große Volksmenge zerstreute sich ruhig und mit dem lebhaft sich äußernden Wunsche, daß dieser treue Ausdruck ihrer innigen Liebe zu dem Erzbischofe und ihrer treuen Anhänglichkeit an die Kirche allgemein möge anerkannt werden."

6. Beilegung der Wirren.

Der Uebersicht halber sind wir in dem letzten Kapitel um ein Jahr vorangeeilt. Kehren wir jetzt zur Darstellung der Entwicklung der Dinge in den maßgebenden Kreisen zurück. Die preußische Regierung hatte sich längst überzeugen können, wie verhängnißvoll die That vom 20. November 1837 gewesen war. Aus allen Theilen Preußens und Deutschlands hatte sie täglich neue Berichte gelesen, wie mächtig das katholische Bewußtsein erstarkt war. Der katholische Adel hatte wiederholt energische Schritte für Clemens August gethan, war selbst bis zum Throne vorgedrungen. So konnte es denn nicht ausbleiben, daß das Bedürfniß nach Versöhnung der Gemüther, nach Frieden zwischen Kirche und Staat sich immer fühlbarer herausstellte. Dies Bedürfniß war an höchster Stelle schon längst empfunden,*) und allmählich hatten sich die Dinge so gestaltet, daß das Werk der Versöhnung vor sich gehen konnte. Der Alles vermögende Minister von Altenstein, der durch seine unchristliche Politik Preußen so tiefe Wunden geschlagen, und mehr andere Hauptgegner des Erzbischofs waren gestorben und mit ihrem Tode waren ebenso viele Hinderniß

---

*) Fürst Metternich erzählte einst in einem vornehmen Kreise zu München: „Als ich die Nachricht erhielt, daß die Preußen den Erzbischof von Cöln in Gefangenschaft abgeführt haben, schrieb ich sogleich an den König von Preußen: „„Ew. Majestät haben einen dummen Streich gemacht; das Ende des Conflictes werden Sie nicht erleben."" Hierauf schrieb mir der König zurück: „„Sie haben recht."" — Histor. polit. Blätter 1873 5. Heft S. 401.

des Friedens beseitigt. König Friedrich Wilhelm III. selbst wurde am 7. Juni 1840 vom irdischen Schauplatze abberufen, und Friedrich Wilhelm IV. — gesegneten Andenkens — bestieg den Thron. Bei der wohlwollenden friedliebenden Gesinnung des neuen Königs war an einer baldigen Ausgleichung der bedauerlichen Conflikte nicht zu zweifeln. Die Forderungen in Betreff der gemischten Ehen, also der Punkt, der den Streit hervorgerufen hatte, waren bereits von der Regierung aufgegeben worden; außerdem machte Friedrich Wilhelm IV. dem Papste zu Gunsten der Kirche in Preußen Zugeständnisse, die man unter der vorigen Regierung nicht im Entferntesten hätte hoffen können. In Hochherzigkeit und edlem Vertrauen gegen die Katholiken hob er die so verletzende Bestimmung, nach welcher alle Berichte und Gesuche der Bischöfe an den Papst nur durch die Hände des protest. Ministers gelangen durften, vollständig auf und gab den Verkehr zwischen ihnen und dem Papste frei.

Dem Erzbischofe Clemens August war der edle König persönlich gewogen, auch auf seine Rückkehr nach Köln würde der König für seine Person zweifelsohne bereitwillig eingegangen sein, hätte er nicht gefürchtet, seine Stellung den protestantischen Unterthanen gegenüber zu sehr zu compromittiren, wenn die katholische Sache in allen Punkten den vollen Sieg davon trüge. Gregor XVI. fühlte die Schwierigkeit der Lage des Königs und war nicht abgeneigt, in diesem Punkte nachzugeben, jedoch nur unter der Bedingung, daß der Erzbischof selbst freiwillig auf die Rückkehr nach Köln verzichte und außerdem vollkommene Genugthuung erhielte. In der katholischen Kirche sind die größten Männer immer bereit gewesen, ihre eigenen persönlichen Interessen zum Opfer zu bringen, wenn nur die Sache Gottes und der Kirche siegreich gerettet wurde. Diese Gesinnung hatte auch Clemens August; er verzichtete auf die Rückkehr nach Köln und begnügte sich damit, einen Hirtenbrief an seine Heerde zu erlassen, womit er seinen Stellvertreter und spätern Nachfolger, den Bischof von Speier, Johannes von Geissel, welchen der König Ludwig von Baiern zu dieser Würde vorgeschlagen hatte, bei der Erzbiöcese Köln einführte. In dem Bischofe Johannes von Geissel war der rechte Mann gefunden, ein würdiger Coadjutor und Nachfolger eines Clemens August, in dessen Fußstapfen einzutreten, er bei Uebernahme der Erzbiöcese feierlich versprach. Wie Johannes von Geissel über Clemens August dachte, haben wir oben schon mitgetheilt. So erinnerte er denn auch in seinem ersten Hirtenbriefe i. J. 1842 die Heerde daran, wie Großes sie ihrem glorreichen Oberhirten, dem Bekenner Clemens August, verdanke und verhieß, in seinem Geiste das Werk fortzuführen. Clemens August konnte einem solchen Manne getrost den Hirtenstab überlassen. Auch für die persönliche Ehrenrettung des so schmachvoll verleumdeten Erzbischofs war gesorgt worden durch ein eigenhändiges Schreiben des Königs an Clemens August. Die königliche Ehrenerklärung (vom 15. Nov. 1841) lautet: „Der Gedanke, daß Sie an politisch-revolutionären Umtrieben Theil genommen, ist von Mir nie getheilt worden, und auch Meine Behörden haben schon früher Veranlassung genommen, denselben zu widerlegen. Ich benütze diese Gelegenheit mit Vergnügen zu der Versicherung, daß sich nirgend der geringste genügende Anlaß zu dem Verdachte findet, daß Sie die Würde Ihrer Stellung und Ihres Amtes zur Beförderung politisch=revolutionärer Umtriebe oder wissentlicher Verbindung mit Personen, die solche Zwecke verfolgten, gemißbraucht hätten."

Dieses Zeugniß stellte eine königliche Hand demselben Clemens August aus, den bei seiner Gefangennahme — wie Bischof Johannes von Geissel bemerkt — „das Publikandum der Preußischen Regierung als das Haupt einer staatsverrätherischen Verschwörung mit einer Zuversicht anklagte, welche nur auf die Vorlage der evidentesten Beweise gestützt sein konnte." Gibt es für ein solches Verfahren einen parlamentarischen Ausdruck? Wie leid muß es uns für den König Friedrich Wilhelm III. thun, daß er von ausgeschämten Menschen umgeben war, die sich der schändlichsten Lüge und Verleumbung als Waffen gegen Clemens August bedienten!

So ehrenvoll endete der große Kampf. Die Convention war vernichtet, den Bischöfen freier Verkehr mit dem Papste zugestanden, die Wahl der Bischöfe freigegeben. Das Alles hatte der standhafte Bekenner Clemens August errungen. Sein Stellvertreter konnte das Werk des Friedens fortsetzen. Er legte den Hermesianern, die so viel Unheil und Verwirrung angestiftet und genährt hatten, einen Act ihrer unbedingten Unterwerfung unter die Entscheidungen des römischen Stuhles zur Unterschrift vor. Alle unterschrieben mit Ausnahme der beiden Häupter des Hermesianismus, Achterfeld und Braun. Es wurde ihnen vom Bischofe verboten, theologische Vorlesungen zu halten, und auch der Staat entzog ihnen folgerichtig die Befugniß, als Professoren der Theologie thätig zu sein. Der Staat respectirte hiermit einfach die Freiheit der Kirche; denn „zur theologischen Doction ist unbedingt die kirchliche Sendung erforderlich," (Schulte i. J. 1868) und „wenn der Bischof einem Professor der Theologie, der als solcher auch ein Staatsbeamter ist, die missio ecclesiastica, die kirchliche Sendung, entzogen hat, so darf der Staat denselben nicht mehr in der Ausübung seines Lehramtes schützen." (Reusch, 1868).

Die „Kölner Wirren" hatten somit ihre Lösung gefunden; die Fesseln, in welche der Liberalismus die Kirche zu schlagen versucht hatte, waren gesprengt durch die Standhaftigkeit des Bekenners Clemens August — seine Haft wurde die Freiheit der Kirche in Preußen. Aber nicht nur in Preußen, sondern in ganz Deutschland war in Folge des gewaltsamen Ereignisses in allen Schichten der Bevölkerung ein neues religiöses Leben erwacht; das Ereigniß hatte wie ein Donnerschlag aus dem Todesschlafe religiöser Gleichgültigkeit aufgeweckt, die gebundenen, schlummernden Kräfte waren gelöst und wach gerufen worden und erstarkten im einmüthigen Kampfe für die Freiheit der Kirche. Die innere Kraft der katholischen Kirche, ihr Glaube, ihre Treue gegen Gott und Gewissen, hatte das mit äußerer Gewalt ihr aufgelegte Joch der Knechtschaft abgeworfen und die geraubte Freiheit wieder errungen. Alles in Folge der Hirtentreue eines Clemens August!

7. Die letzten Lebensjahre des Bekenners. Sein Tod und seine Bestattung.

Die noch folgenden Lebensjahre des Erzbischofs flossen ruhig dahin unter Studium, Gebet und Betrachtung. Den Erbdroste'schen Hof in Münster, wo er anfangs wohnte, vertauschte er bald mit seiner alten stillen Domherrncurie nahe am Dom. Daß er gleichwohl mit aufmerksamem Blicke den Zeitverhält= nissen folgte, davon gab i. J. 1843 seine wichtige Schrift: Ueber den Frieden unter der Kirche und den Staaten Zeugniß.

Im Sommer 1844 unternahm der ehrwürdige Greis noch einmal die (dritte) Reise nach Rom. Es drängte ihn, gleichsam im Vorgefühle des nahen Todes, am Abende seines Lebens dem hl. Vater noch einmal Rechenschaft abzulegen und der Welt seine Liebe und Verehrung gegen den Nachfolger Petri kundzugeben. Am 10. August reiste er von Münster ab und langte Mitte September in Rom an. Der hl. Vater empfing ihn am 18. Septbr. im Quirinal auf das Herzlichste. Vor die Stiege des Palastes hatte er ihm einen Tragsessel und die Träger entge= gengesandt — der bemüthige Clemens August machte indeß von dieser Ehrenbezeugung keinen Gebrauch, sondern stieg auf seinen Führer gestützt langsam die hohen Treppen empor. Der hl. Vater eilte auf ihn zu, umarmte ihn unter Thränen und grüßte ihn mit den Worten des Apostels: „Du bist zum Schau= spiel geworden der Welt, den Engeln und Menschen,“ . . . „und Mir“ — setzte der hl. Vater bedeutsam hinzu. Welche ergreifende Scene! Die beiden größten Männer der Zeit, die beiden ehr= würdigsten Greise, der 80jährige Papst und der 70= jährige Erzbischof, halten sich einander umschlungen! Clemens August will sich voll Ehrfurcht aus der Umarmung loswinden und dem hl. Vater zu Füßen sinken; dieser aber hindert es und führt dann den Erz= bischof zu seinem Sitze neben sich. Zehn Tage später — 28. Sept. — erfreute der Papst den Erzbischof mit einem Ehrenbesuche. Das Gerücht war vorangeeilt, und so waren denn Straßen und Fenster dicht gefüllt, als der päpstliche Galawagen nahte. Il grande archivescovo da Colonia sarà visitato dal S. Padre — der große Erzbischof von Köln soll den Besuch des hl. Vaters haben — sprach Einer zum Andern. Der Erzbischof eilte an der Treppe Sr. Heiligkeit entgegen, und Arm in Arm begaben sich die ehrwürdigen Greise in die Wohnung des Erzbischofs, wo Gregor XVI. fast eine Stunde verweilte. Der hl. Vater hatte ihm den Purpur zugedacht — der bemüthige Clemens August entzog sich dieser Ehre, indem er seine Rückkehr von Rom, wo er seine Aufgabe vollendet hatte, beschleunigte. Am 3. October reiste er von Rom ab, und am 2. November traf er in Münster wieder ein.

Nach Münster zurückgekehrt, dachte der erschöpfte Erzbischof nur noch an seine Vorbereitung zum Tode. Er hatte seine Lebensaufgabe vollendet, den guten Kampf gekämpft, den Glauben bewahrt; nun konnte er getrosten Muthes das große Completorium seines Lebenstages beten und mit dem greisen Simeon sprechen: Nunc dimittis — „Nun laß deinen Diener, o Herr, in Frieden scheiden." Die anstrengende Romreise, so erfreulich sie für sein Herz war, hatte seiner überhaupt angegriffenen Gesundheit stark zugesetzt; der kalte Winter auf 1845 wirkte sehr nachtheilig; im Sommer 1845 kündigte er selbst sein herannahendes Ende an. Bei dem 50jährigen Bischofsjubiläum seines ältern, ehrwürdigen Bruders Caspar Maximilian, von dessen bischöflichen Händen er einst die hl. Priesterweihe und später die bischöfliche Consecration empfangen hatte, am 6. Sept. 1845, war er bereits so schwach, daß er der großen

Prozeſſion, welcher 12 Biſchöfe und gegen 700 Prie-
ſter beiwohnten, nicht einmal zuſchauen konnte. Bei
der glänzenden Illumination bei Gelegenheit dieſes
ſeltenen Feſtes ſtrahlten an der Wohnung des leidenden Erzbiſchofs in verſchiedenem Farbenglanze —
Kreuze, ſinnvoll hinweiſend auf die Leiden der
vergangenen Jahre und auf das Schmerzenslager des
großen Bekenners. Die zur Jubiläumsfeier anweſenden Biſchöfe ließen ihm die Bitte vortragen, ſie an
ſein Krankenbett herantreten laſſen zu wollen. Zuerſt
lehnte er beſcheiden dieſe Bitte ab. Da erklärte Einer
der Prälaten: „er ſei mehre hundert Stunden gekommen und könne nicht heimkehren, bevor er ſein
Antlitz geſehen und ſeinen Segen erbeten habe" —
und ließ die Bitte wiederholen. Clemens Auguſt gab
nach — und bald umknieeten zwölf Biſchöfe
das Schmerzenslager ihres muthigen Vor-
kämpfers und baten um ſeinen Segen. Mit
Mühe vermochte er ſich vom Lager zu erheben — er
ſegnete tief bewegt die hochwürdigſten Brüder, die
Hirten der Völker, und bat alsdann einen Jeden der
Biſchöfe um den Segen „für einen Sterbenden". Was
mögen jene Biſchöfe in jenem hehren Augenblicke empfunden haben, als ein Clemens Auguſt ſie ſegnete,
welche Entſchlüſſe werden ſie an dem Sterbebette des
treuen Hirten erneuert haben!

Die Leiden wurden immer ſchlimmer, ſeine Kräfte
immer ſchwächer.*) Die barmherzigen Schweſtern,
dieſe ſichtbaren Schutzengel der Kranken, waren ſtets
um ſein Lager und erfüllten raſtlos bei Tage und
bei Nacht an dem Gründer ihres Inſtitutes,

---

*) Vergl. für das Folgende den Nekrolog im Münſter-
ſchen Sonntagsblatte vom Jahre 1845.

an ihrem theuern Vater, die letzte Pflicht kindlicher
Liebe und Treue. Wenigstens einmal im Tage ließ
er sich von ihnen das herrliche Gedicht (von einem
unbekannten Verfasser) vorlesen, das er besonders
liebte, und das man so häufig als Umschrift auf sei=
nem Bilde antrifft, das Gedicht:

> „Stell himmelwärts, stell himmelwärts
> Wie eine Sonnenuhr dein Herz!
> Denn wo das Herz nach Gott gestellt,
> Da geht es mit dem Schlag, da hält
> Es jede Prob' in dieser Zeit,
> Und hält sie in der Ewigkeit;
> Es geht nicht vor, es geht nicht nach,
> Es schlägt nicht stark, es schlägt nicht schwach;
> Es bleibt sich gleich, geht wohlgemuth
> Bis zu dem letzten Stündlein gut;
> Und steht's dann still in seinem Lauf,
> Zieht's unser lieber Herrgott auf."

Auf „das letzte Stündlein" bereitete er sich durch
ununterbrochenes Gebet, durch musterhafte Geduld und
namentlich durch den öftern andächtigen Empfang der
hl. Sakramente vor. Frühzeitig schon hatte er sich
das Sakrament der Oelung spenden lassen, um ja
für den letzten Kampf gerüstet zu sein. Sein alter
Freund, der Domherr Kellermann, sein Beichtvater,
stand täglich an seinem Bette und reichte ihm wieder=
holt die hl. Sakramente. Ruhig und heiter harrte
er seiner Auflösung entgegen, die am 19. Oktober
1845, Morgens zwischen 7 und halb 8 Uhr ohne
Todeskampf erfolgte. „Herr Jesu! ich glaube an Dich!
Du bist wahrhaftig der Sohn Gottes! Miserere mei
secundum magnam misericordiam tuam — Erbarme
dich meiner nach deiner großen Barmherzigkeit. Herr
Jesu! komm, komm bald!" — waren die letzten
Worte, welche leise über seine sterbenden Lippen kamen
— und der große Mann, der treue Hirt, ein zweiter
Ambrosius, ein anderer Athanasius, war entschlafen! —

„Komm zu den treuen Hirten!
Dein harrt Ambrosius —
Es sehnt nach seinem Bruder
Sich Athanasius.“

Ein versiegelter Brief lag auf dem Tische des Sterbezimmers, der, wie er selbst angeordnet, gleich nach seinem Tode erbrochen werden sollte. Er enthielt die Namen der Testaments-Executoren und Bestimmungen über sein Begräbniß. „Ich will“ — heißt es u. A. im Briefe — „dort begraben werden, wo ich sterbe. — Meine Beläutung, Begräbniß, Exequien und sonstiges soll nicht kostbarer eingerichtet werden, als der Anstand erfordert. — Das gewöhnliche Jahrgebet muß gehalten werden. — Auf mein Grab soll ein einfacher Leichenstein gelegt oder gesetzt und darauf durchaus nichts anderes eingehauen werden, als das Folgende, nämlich in lateinischen Buchstaben:

Hier ruhet die verwesliche Hülle
des Erzbischofs CLEMENS AUGUST von Cöln
Legatus natus des heiligen Römischen Stuhls,
Freiherrn Droste zu Vischering.
Er war geboren am 21sten Januar 1773 und ist
gestorben am . . . .
Betet für seine arme Seele.*)

Im bischöflichen Ornate lag der Entschlafene drei Tage lang ausgestellt. Sein Antlitz war ruhig und milde, wie das Antlitz eines Verklärten. Selbst seine Gegner bekannten tief ergriffen, nie eine so schöne, ehrwürdige Leiche gesehen zu haben. Zahllose Schaaren brängten sich zu der erzbischöflichen Woh-

---

*) Diese Vorschrift ist genau befolgt worden. Auf dem einfachen Marmorsteine, der die Gruft Clemens August's deckt, stehen in lateinischen Buchstaben eingehauen die vorstehenden Worte mit dem einzigen Zusatze des Sterbetages: 19. October 1845.

nung, die theure Leiche zu sehen, bei der abwechselnd von Stunde zu Stunde zwei Priester knieend beteten. Am 23. October fand das Begräbniß statt. Von Köln waren der Weihbischof und Generalvicar einge= troffen. Sie waren in der Absicht gesandt und ge= kommen, die Leiche nach Köln mitzunehmen, um sie dort im Dome würdig neben den übrigen Erzbischöfen zu betten. Sie wurden nicht wenig betroffen, als ihnen der letzte Wille des Entschlafenen mitgetheilt wurde: „Ich will dort begraben werden, wo ich sterbe.“ Die Ritterschaft Rheinlands und Westfalens, zum Theil verwandt mit dem hohen Verstorbenen, alle aber mit ganzem Herzen Clemens August zugethan, war von allen Seiten herbeigeströmt, um ihm die letzte Ehre zu erweisen. Um 8 Uhr wurde im Dom das Todtenofficium gebetet. Darnach setzte sich der Leichenzug zum Sterbehause in Bewegung. Dort standen 20 Priester bereit, auf ihren Schultern die theuere Bürde in die Cathedrale zu tragen. Welche Menschenmenge folgte, läßt sich leicht denken. Im Dome wurde auf einem erhöhten Platze in der Mitte des Hauptschiffes der Sarg hingestellt, geschmückt mit den Familienwappen, den priesterlichen und bischöf= lichen Insignien. Der Weihbischof von Köln feierte das Pontificalamt, nach dessen Beendigung Domherr Kellermann die Kanzel bestieg. In einfacher, aber ergreifender Sprache schilderte Kellermann den Verstorbenen nach seinem Leben und Wirken. „Den Hirtenstab“ — sagte er u. A. — „führte er nur kurze Zeit — aber durch seine Standhaftigkeit und Treue ist die katholische Welt mächtig ergriffen, der Glaube wie neu belebt und entzündet, das kirchliche Leben gehoben. Ja, daß von der Zeit an eine wahr= haft katholische Gesinnung angeregt und überall ver=

breitet, daß die Anhänglichkeit an die Kirche und ihr Oberhaupt inniger und fester wurde, daß unter allen Ständen alles Denken und Handeln eine kirch= liche Richtung nahm, das sind unter vielen andern die Früchte, die Clemens August in seiner Stel= lung als Erzbischof getragen." Weiter forderte Kel= lermann die Zuhörer auf, „unerschütterlich festzu= stehen auf dem Felsen Petri, wie Clemens August darauf gestanden, Christus und seine Kirche zu lieben und zu bekennen, wie Clemens August gethan, nur in dieser und für diese Kirche zu leben, dauernd und treu ihr anzuhangen in kindlichem Gehorsam wie der Verblichene." „Und ihr" — fuhr er fort, sich an die Priester wendend — „ihr, meine theuern Brüder und Mitarbeiter im Weinberge des Herrn, Diener Christi, Ausspender seiner hl. Geheimnisse, o blicket hin auf Clemens August, den großen Bekenner, und lernet von ihm Christum ehren, bekennen, verherrlichen, verkündigen ohne Men= schenfurcht! O lernet von Clemens August die Kirche lieben, wie Christus sie geliebt und sein Blut für sie vergossen hat!"

Nach der Predigt schickte man sich an, die Leiche zu Grabe zu tragen. Die Gruft war auf dem hohen Chore vor dem Altare zubereitet. Die Priester hoben den Sarg von dem Trauergerüst, und langsam bewegte sich der Zug durch die Portale des Chores zum Grabe. Dort wurde der kostbare Schatz ein= gesenkt. Dort dem Tabernakel gegenüber ruht der große Bekenner bis zum Tage der Auferstehung.

Wo er am liebsten weilte,
Da ruht sein Körper aus;
Die Seele wohnt im Himmel,
Der Leib im Gotteshaus.

8. Des Papstes Trauerrede auf Clemens August.

Die Trauerkunde von dem Hinscheiden des großen Mannes durcheilte bald das deutsche Vaterland und drang hinaus über die Grenzen Deutschlands. Jedem Katholiken trat bei der Kunde die hehre Gestalt des Kirchenfürsten vor die dankerfüllte Seele, der in seinem Kampfe „ein Schauspiel geworden für Engel und Menschen." Auch nach Rom eilte alsbald die Trauer=botschaft. Der oberste Hirt, Papst Gregor XVI., wußte es am besten zu würdigen, welcher Mann vom Schauplatz der Welt abgerufen war. So versammelte er am 24. November die Cardinäle um sich und hielt vor ihnen folgende herrliche Trauerrede*) auf Cle=mens August, die freilich mehr einer Canonisation als einer Trauerrede gleicht.

„Ehrwürdige Brüder! Wie es einst die Pflichten Unseres Amtes verlangten, von Unserem ehrwürdigen Bruder Clemens August, Erzbischof von Cöln, von dieser Stätte aus zu sprechen, so halten Wir es jetzt auch angemessen, bei Anlaß des Todes dieses Prälaten vor Euch wieder von ihm Erwähnung zu thun, dessen Kunde, als am 19. October laufenden Jahres erfolgt, Wir nicht ohne großen Schmerz vernahmen. Denn jetzt sein Lob zu verschweigen hielten Wir unschicklich, da das Ende seines Lebens dem Vorausgegangenen so entsprochen hat, daß mit vollstem Rechte die katholische Kirche sich über das von ihm gegebene Beispiel freuen darf, welches sowohl denen, die zu uns gehören, als auch den außer=halb Stehenden sehr zum Heile dienen kann. Wenn Wir deßhalb, ehrwürdige Brüder, heute an Euch diese Anrede halten, wiederholen Wir nicht nur jene Lob=sprüche, welche wir schon früher dem ausgezeichneten Prä=laten ertheilten, sondern erheben auch seine ungewöhnliche Tugend mit neuen Lobpreisungen. Denn er verband mit einer ganz besondern Pflege der Gottesgelehrtheit und dem Bestreben nach gründlicher Frömmigkeit auch den höchsten

---

*) Abgedruckt in der „Sion" 1845, S. 1494 f.

Eifer für die Religion, die höchste Festigkeit (constantia)
und die höchste Geringschätzung zeitlicher Dinge. Dazu
kam eine besondere Pflege von Demuth, in welcher bekannt=
lich die Grundlage aller Tugend besteht. Hiezu gehört
aber als leuchtender Beweis, daß, als er erfuhr, Wir ge=
dächten ihn Eurem Kreise zuzugesellen, er eifrig diese Ehre
abzulenken sich bemühte. Nichtsdestoweniger hatten Wir
uns vorgenommen, wenn die göttliche Vorsehung ihm ge=
stattet hätte in Unserer theuern Stadt zu bleiben, ihn, als
er, wie bekannt, hierher gekommen war, der Weigerung
seiner Bescheidenheit ungeachtet zur Annahme der Würde
eines Cardinals zu bewegen, denn wir waren überzeugt,
daß seine vorzügliche Tugend würdig sei, auf einen er=
habeneren Ort gestellt zu werden; so mochte sie sich dann,
Unsere Sorge unterstützend und an Eurer Arbeit theil=
nehmend, zum Nutzen der gesammten Kirche weiter aus=
breiten. Aber derjenige, welcher nach unserem Wunsche
der Schmuck dieses apostolischen Stuhles hätte sein sollen,
hat, wie Wir gänzlich vertrauen, bereits in dem himm=
lischen Vaterlande von Gott durch die Verdienste seines
eingebornen Sohnes, des ewigen Hirtenfürsten, seinen
Platz erhalten. So wenigstens läßt Uns die ausgezeichnete
Tugend hoffen, welche Wir mit Bewunderung an dem
Erzbischof von Cöln erblickten. Denn, wenn wir nach
dem Rathe des Apostels nicht über die Schlafenden trauern
dürfen, wie diejenigen, welche keine Hoffnung haben, was
sollen Wir von einem Manne denken, welcher,
ehe er entschlief, durch den Glanz seiner Tugend
der Welt, den Engeln und den Menschen zum
Schauspiel wurde? Jedermann kennt seine un=
besiegbare Seelenstärke, womit er auch unter
großer Bedrängniß die Reinheit der katholi=
schen Religion und der kirchlichen Disciplin
zu bewahren strebte. Da er einen guten Kampf
kämpfte, konnte er da nicht von dem gerechten Richter,
Jesus Christus, die Krone der Gerechtigkeit erwarten, welche
allen eifrig und gehörig Kämpfenden aufbehalten ist? Allein
da die Gerichte Gottes „ein großer Abgrund" sind, so fle=
hen wir dennoch — obwohl fest vertrauend, daß der ver=
storbene Erzbischof, den Finsternissen dieses elenden Lebens
entrissen, im Himmel das Licht der Seligen erlangt haben
werde, und dieses unser aller gemeinschaftlicher Trost ist —
wenn er etwa aus menschlicher Schwachheit noch etwas

zu sühnen haben sollte, demüthigst zum Vater der Erbarmungen, und versprechen Uns, daß Ihr dasselbe thun werdet, daß er sich gnädig würdigen möchte, mit dem kostbaren Blute des unbefleckten Lammes, des Erlösers des Menschengeschlechtes, die Makel seiner Seele zu tilgen, damit der so große Erzbischof sobald als möglich die unvergängliche Ruhmeskrone erlangen und, wie er glänzend und klar auf Erden war, so auch im Himmel mit allen denen, welche Vielen zur Gerechtigkeit den Weg weisen, gleich einem Stern in alle Ewigkeiten leuchten möge."

9. Ein Besuch am Grabe des Erzbischofs Clemens August.

Der Münstersche Verfasser des Nekrologs auf Clemens August schließt unter dem 26. Oct. 1845 mit den Worten:

„Unsere Cathedrale ist reich geworden, denn sie birgt einen köstlichen Schatz in sich. Und wenn Ihr, katholische Bewohner Münsters, tretet in Euern Dom, dann denkt an Clemens August, der muthig Euern Glauben bekannt, vertheidigt und gerettet hat, und knieet im Gebet an seiner Gruft. Und woher Ihr kommt, aus Rheinland und Westfalen und aus den weiten Gebieten der katholischen Kirche, wenn Ihr kommt in unsere Cathedrale, dann denkt an ihn und knieet an seiner Gruft und betet dort und führet hervor aus der Tiefe des Grabes Euch den großen Mann und lernet von ihm 'glauben und leben aus dem Glauben, katholisch leben, leiden und katholisch sterben!" — — —

Wie Viele sind dieser Mahnung seit dem Begräbnißtage des großen Mannes nachgekommen! Wer könnte sie zählen, die Katholiken von nah und fern, die von Verehrung zu Clemens August, von katholischer Ueberzeugung gedrängt, seit 28 Jahren dankbar an seinem Grabe gekniet haben!

In besonders feierlicher Weise aber stattete dem großen Bekenner das katholische Deutschland seinen Dank ab in seinen Deputirten auf der 6. „General-Versammlung der katholischen Vereine Deutschlands", die vom 21. bis 23. September 1852 zu Münster tagte. Bei dieser Gelegenheit *) wurde wiederholt auf Clemens August hingewiesen. Unter Andern gedachte seiner Dr. Lieber aus Camberg in folgenden Worten: „Clemens August, den die Vorsehung an die Marken einer Zeitenwende hingestellt, und dem bei seinem Hintritte der Statthalter Christi, Gregor XVI. glorreichen Andenkens, das seligpreisende Wort nachgerufen, daß er durch den Glanz seiner Tugenden der Welt, den Engeln und den Menschen zum Schauspiel geworden — Clemens August, welches katholische Herz durchzuckt nicht ein Feuerstrahl der Bewunderung, der Verehrung, der Liebe bei diesem Namen! Hier in Münster stand seine Wiege — hier in Münster ist es uns vergönnt, an der geheiligten Ruhestätte des ruhmgekrönten Bekenners zu beten." Und in der vierten Versammlung sprach Hofrath Dr. Buß zu den so zahlreich aus allen Gauen Deutschlands erschienenen katholischen Männern: „Meine Herren! Ich mache den Vorschlag Ihnen nicht, sondern ich nehme ihn aus Ihrer allen Herzen, daß wir Alle, wie wir da sind, ehe wir von dem gastlichen Münster scheiden, in einem Zuge an das Grab des großen Bekenners Clemens August wallfahrten." Es bedurfte bloß dieses Wortes und in dichten Schaaren pilgerten alle jene katholischen Männer zur geheiligten Stätte.

---

*) Vergl. den amtlichen Bericht über die Versammlung. Münster, 1853.

Sie betraten den Chor der Cathedrale. Feierliche Stille herrschte in den heiligen Räumen, die Lichter auf dem Hochaltar, an dessen Stufen Clemens August ruht, brannten. Das Grab des Bekenners war umringt von den Betenden. Da knieeten so viele Männer, auf welche unser katholisches Deutsch= land stolz sein konnte und noch heute stolz ist: aus Baden ein v. Andlaw, Buß, Vering, Zell; aus Hessen ein Moufang, Heinrich, Falk; aus Nassau ein Lieber; aus Luxemburg der treue Kaplan des großen Bekenners, Prof. **Eduard** Michelis; aus Preußen ein Graf zu Stolberg, Wick, Müller, Baudri, Clemens, v. Ket= teler und so viele, viele Andere. Welch' ein Au= genblick, welche Erinnerungen, welche Gefühle und Vorsätze bewegten die Brust! War es doch, als erhebe sich die ehrwürdige Gestalt des großen Helden aus ihrem Grabe, als schaue sie mit Wohlgefallen auf die Männer aus Deutschlands Gauen, als öffne sich der Mund und mahne zum festen Zusammen= halten, zum glaubensmuthigen Kampfe für die Eine, heilige, katholische und apostolische Kirche, zur unverbrüchlichen Treue gegen Rom, das Herz der Kirche, zum treuen „Gehorsam" gegen den König „in allen weltlichen Dingen, wie es einem treuen Unterthan geziemt."*) Freudig bewegt bei der Erinnerung an die Gnaden, die Gott seiner Kirche durch Clemens August gegeben, dankte Jeder von Grund seines Herzens und faßte den kräftigen Vorsatz, rüstig fortzuarbeiten, daß das liebe deutsche Vaterland auf den Grundlagen der Gerechtigkeit er= starke zum Heile von Staat und Kirche.

---

*) Worte Clemens August's. Siehe oben S. 25.

Doch es erübrigte noch eine Pflicht; „betet für seine arme Seele!" — mahnte die Inschrift des Marmorsteines auf dem Grabe, an dem die Versammlung knieete. Gern erfüllte ein Jeder diese fromme Bitte. Der hochw. Bischof von Münster, Johann Georg, der Wächter am Grabe des Bekenners, knieete vor den Stufen des Altares und begann die kirchlichen Gebete für den theuern Todten. Es betete mit die ganze Menge; das katholische Deutschland, für welches Clemens August so Großes gethan, brachte den Tribut des Dankes, die Gabe des Gebetes. Tief ergriffen verließ die schweigende Menge, durchdrungen von höherer Weihe, die Ruhestätte des großen Mannes.

10. Ein Schlußwort an den Leser

will ich selbst nicht sprechen, sondern den erprobten ehemaligen erzbischöflichen Kaplan Eduard Michelis sprechen lassen. Ihm, dem treuen Kampf- und Leidensgenossen des großen Erzbischofs, dem er auch schon in die Ewigkeit gefolgt ist,*) steht es wohl zu, uns ein Abschiedswort zuzurufen. Deshalb stehe hier ein Theil der trefflichen Rede, die Eduard Michelis unmittelbar nach der Rückkehr vom Grabe seines Erzbischofs Clemens August in der Schlußversammlung gehalten hat. **Eduard** Michelis sprach:**)

„Ich möchte heute ein Wort reden über den Beruf, der uns Katholiken Deutschlands zu Theil geworden ist. Es kann wohl keinem Zweifel unterliegen, daß gerade in jetziger Zeit eine hohe Aufgabe uns

---

*) Eduard Michelis starb als Professor der Dogmatik in Luxemburg am 8. Juni 1855.
**) Siehe Amtl. Bericht. S. 214.

gestellt ist. Ein schwerer Kampf steht uns bevor, vielleicht der letzte Entscheidungskampf, der die große Frage zwischen der Kirche Gottes und dem Protestantismus zur endlichen Lösung bringen muß. Ich möchte aber nicht mißverstanden werden, wenn ich von einem Kampfe mit dem Protestantismus rede. Ich unterscheide nämlich gar wohl zwischen den Persönlichkeiten und dem Principe des Protestantismus. Gegen die Persönlichkeiten als solche besteht kein feindlicher Kampf. Zu ihnen fühlen wir eine innige Zuneigung und Liebe. Die Waffen, womit wir sie besiegen möchten, sind die Erweisung einer echten christlichen Nächstenliebe, das Beispiel eines frommen Wandels aus dem Glauben und das Gebet. Inmitten dieser wird auch, wenn einmal im eigenen Hause die Verwirrung allgemein geworden sein wird, und der Abfall von Christus offen zu Tage tritt, der laute Ruf erschallen: Auf nach Rom! zurück zu der Kirche, die auf den Felsen gebaut ist, die allein uns Sicherheit und Frieden zu geben vermag!

Anders aber verhält es sich mit dem Principe des Protestantismus, das in der Auflehnung gegen die Kirche besteht.*) Mit diesem Principe der Verneinung und Zerstörung ist kein befreundetes Nebeneinanderstehen. Viele Zeichen verkünden es uns, daß mit diesem Principe uns in Deutschland noch ein schwerer Kampf bevorstehe. Aber, was auch immer kommen mag, wir stehen in diesem Streite nicht vereinzelt und verlassen, wir kämpfen unter einer heiligen Fahne, unter der sicheren

---

*) Ohne irgendwie den Sinn der Rede zu stören, können wir hier statt Protestantismus „Liberalismus" lesen.

Führung des von Gott gegründeten Epis=
kopates. Und ich danke Gott aus dem in=
nersten Grunde meines Herzens, daß er in
diesen verhängnißvollen Zeiten uns einen
Episkopat gegeben hat der schönsten Zeiten
unseres Vaterlandes werth. Wo eine Gefahr
die Braut Christi bedroht, da stellen unsere
Bischöfe im Kampfe sich voran. Wir aber
schließen treu und innig ihnen uns an.
Ihnen folgend verfehlen wir nicht des rechten Weges;
ihnen in Einigkeit und Treue uns anschließend,
geben wir ihrem Worte und ihrem Wirken Nachdruck
und Kraft. Sie alle aber schließen sich fest
an **den Mittelpunkt der Einheit,** an den
apostolischen Stuhl an, und gründen **da=
durch** die Kirche Deutschlands auf jenem
Felsen, den die Pforten der Hölle nicht
überwältigen werden. Wir kämpfen also nicht
allein, sondern Gott kämpft mit uns; ist aber
Gott mit uns, wer wird wider uns sein? Laßt uns
darum, katholische Brüder aus allen Theilen unseres
weiten Vaterlandes, mit Klarheit die Aufgabe, die
uns gestellt ist, erfassen und mit Hingebung und
Beharrlichkeit nach dem Ziele, das uns vorge=
steckt ist, streben. Laßt uns kämpfen einen guten
Kampf. Laßt uns um das Kreuz uns schaa=
ren; **dann ist der Sieg unser!"**

> „Und wenn's auch noch so stürmt und graut,
> Als sei die Höll' auf Erden,
> Nur unverzagt auf Gott vertraut,
> Es muß doch Frühling werden."